断れない女

草凪　優

幻冬舎アウトロー文庫

断れない女

目次

第一話　断れない女

1

扉が閉まった。

ホテルであれ、男の部屋であれ、石本佐代子はこの瞬間が大好きだ。

密室でふたりきりになったときに豹変する空気、男の眼つき、自分の内側からあふれる熱いもの、息苦しい緊張感、そして、ドキドキと高鳴る鼓動……。

たとえば今日のように、ろくに吟味しないで入ってしまった安っぽいラブホテルでも、好きであることに変わりはない。密室そのものが好きなわけではない。窓をはめ殺しにした脂ぎった内装も、壁や天井に鏡がついているのも、大人のオモチャが売られている自動販売機も、正視すれば溜息《ためいき》が出てしまいそうだったけれど、気にはすまい。

男がこちらを見ている。

そのほうがずっと重要な案件だ。

「シャワー浴びる?」

高見沢紀之はひどく気まずげな顔で訊《たず》ねてきた。同い年の二十八歳。佐代子は派遣で、彼は正社員だが、同じ会社の同じプロジェクトチームで働いている同僚だ。

「どっちでも」

佐代子は答えた。

「じゃあ……とりあえずお茶でも飲む?」

「いい」

投げやりな佐代子の言葉に、高見沢の顔はますます気まずげになってほとんど歪《ゆが》んだ。ありがちな表情だった。不意に密室で佐代子とふたりきりになったとき、そんな表情を見せる男は珍しくない。

理由は簡単だ。

普段、佐代子の陰口をいっぱい言っているからである。

やりまん、させ子、ド淫乱……あいつって誘ったら絶対断らねえらしいじゃん、よっぽど好き者なんだろうな、誰が相手でも股開くって最低じゃね……。

とはいえ、自分がやれそうなシチュエーションになると、豹変するのが男という生き物だった。

佐代子は自分から男をベッドに誘ったことなどない。

ただ、断らないだけだ。

今夜は会社の歓送迎会だった。

高見沢と帰り道が一緒になり、駅までの道程《みちのり》にラブホテル街があった。

「なあ、ちょっと寄ってかない？」

高見沢はホテルの看板を指差して言った。ふざけた感じで、演技過剰に酔ったふりをしていた。誘い方としては上等なほうではない。佐代子が黙っていると、満更でもないと思ったのだろう。

「なあ、いいじゃん、いいじゃん」

さらに男をさげるようなだらしない口調になり、佐代子の体を肩で押してきた。やはりふざけた感じで、おしくらまんじゅうをするみたいに。高見沢は社内の女子に人気が高く、本人もそのことを意識していい男ぶってるくせに、子供じみたやり方だと思った。それでも佐代子は押されるままに、ラブホテルの門をくぐったのだった。

気まずげな顔をしている高見沢を見る。

いまにもうーうー唸《うな》りだしそうな感じで、眼だけをひどくギラつかせている。

「……あんっ」

不意に抱きしめられ、佐代子の口からは小さく声がもれた。男に媚《こ》びる感じの、上等ではない声だった。抱擁の力が予想外に強かったのでそうなってしまったのだと、自分で自分に言い訳する。

「……ぅんんっ！」

唇を重ねられた。

すぐにぬるりと舌が差しだされ、口の中に入りこんでくる。

佐代子も舌を動かし、くなくなとからめあった。今夜の宴会のメインディッシュはすき焼きで、舌をからめあうと甘辛い割り下の味がしたけれど、すぐに気にならなくなった。いつだってそうだ。密室で男とふたりきりになり、熱っぽく舌をからませあえば、スイッチが入る。顔も体も熱くなり、別の人間に生まれ変われる。

「ぅんんっ……ぅんんっ……」

舌を吸われながら薄眼を開けて高見沢を見た。さあどうやって可愛がってくれるの？　と挑発的な顔で見つめた。瞳が潤んでいるのが自分でもわかった。

「あっちへ行こう」

高見沢がキスを中断し、佐代子をベッドに横たわらせた。シーツとマットの間に汚れ防止のシートが敷かれていて、カサカサ、クシャクシャ、と乾いた音がした。まったく、つくづく残念なラブホテルである。

高見沢は無言のまま、ふうふうと鼻息だけを荒げながら、佐代子の服を一枚一枚剝《は》ぐように脱がしていった。

黄色いニット、白いカットソー、グレイのプリーツスカート……べつに破ってくれてもかまわなかったのだが、高見沢は妙に丁寧な手つきでストッキングをくるくると丸めて爪先から抜いた。

「ずいぶんエッチな下着だな？」

高見沢が淫靡な笑みをこぼす。佐代子の下着は光沢のあるピンクの生地に、黒いレースの縁取りがされたものだった。エッチだろうか？　ただ色が派手なだけで勝負下着でもなんでもない。佐代子に対する先入観が、そう思わせるのではないだろうか。

ブラジャーを取られた。

ふたつの胸のふくらみが、露《あら》わになって揺れはずむ。

「体も……すげえエッチだ」

高見沢は興奮のあまり余裕の笑みをこぼすことさえできなくなり、あわてて自分の服を脱ぎはじめた。視線だけは、ショーツ一枚の佐代子の体に熱っぽく注ぎこみながら。

佐代子はその視線を意識しつつ、天井の鏡に眼を向けた。黒いオカッパ頭の地味な顔の女が映っていた。だが、むちむちと肉感的な体つきは、たしかに「すげえエッチ」だと自分でも思う。バストは九十五センチのGカップ、ウエストはくっきりとくびれ、太腿《ふともも》にもヒップにも量感があふれている。

背はあまり高くないから、おじさん用語で「トランジスタグラマー」というらしい。「男好きする体」ともよく言われるし、もっとも露骨で品のない褒め方は「巨乳」だ。もう少し眼がぱっちりしたアニメ顔だったら、アキバあたりでモテモテだったかもしれない。

「たまんないよ……」

高見沢がブリーフ一枚になって身を寄せてきた。部屋に入ってきたときの気まずげな表情が嘘のようにニヤけ、胸のふくらみに手を伸ばしてくる。いきなり両手で鷲《わし》づかみにされ、力まかせに揉《も》みくちゃにされる。

「あぁうううっ……」

佐代子はのけぞって声をあげた。荒々しい愛撫は嫌いではなかった。指の食いこませ方も、乳首の吸い方も、とても女を大切にしているやり方ではなかったけれど、太腿にあたってい る股間の隆起が、カチンカチンに硬かったので許してやる。なんだか、いまにもブリーフの生地まで突き破ってしまいそうな勢いだ。

「乳首が勃《た》ってきたぞ」

高見沢は舌先を躍らせながら、得意げに言った。

「巨乳は感度が悪いなんて言うけど、そうでもないんだな。すげえピンピンだ」

くすんだピンクの乳首を、左右とも唾液でねっとりと濡れ光らせ、嬉しそうに甘噛みまでしてくる。

「くぅううっ……ああああっ……」

佐代子は眉根《まゆね》を寄せて悶えた。ムードを台無しにする台詞《せりふ》には鼻白んだけれど、淫らな刺激がそれを凌駕《りょうが》した。

チュウッと乳首を吸われると、体の芯まで痺《しび》れるような快美感が届いた。

節くれ立った男の指が下腹に這《は》ってくる。ショーツの上から女の割れ目をすうっとなぞられると、佐代子の腰は跳ねあがった。

続いて、蜜壺のいちばん奥がズクンと脈動する。ショーツの上で指が尺取り虫のように動きだすと、耐え難い疼きになって身をよじらずにはいられなくなる。

「ああっ、いやっ……いやあああっ……」

太腿をぎゅうぎゅうとこすりあわせていると、両脚をM字に開かれた。なめらかなショーツの生地を舐めるようにして指が動く。ショーツの中に入ってくる。茂みを撫でられる。花びらの合わせ目を、指が探している。佐代子が真っ赤になって腰を跳ねあげたので、クリトリスの位置はすぐに特定された。ヴァイブのような小刻みな震動を送りこまれると、

「あああああっ……くぅうううっ……」

佐代子は髪を振り乱し、肉づきのいい太腿をぶるぶると震わせて悶え泣いた。全身がにわかに汗ばんできた。指が花びらをめくりあげ、奥に入ってくる。ヌプヌプと出し入れされると、体の内側がざわめき、トロトロと熱いものがあふれだした。

「あぁううう……はぁううううっ……くぅうううううっ……」

「感じやすいんだな」

高見沢は蜜壺の中で指を動かしながら、熱っぽく息をはずませた。

「すごい食い締めだ。指がちぎれちまいそうだよ……いや、まったく驚いた……おとなしそうな顔して、こんなに淫乱だったなんて……」

高見沢がショーツを奪い、女の花を剝《む》きだしにする。みずからもブリーフを脱いで、佐代子の両脚の間に腰をすべりこませてくる。そそり勃った男根を、濡れた花園にあてがう。

「いくぞ……」

「んんっ……んあああっ……」

指よりもずっと太いものが、濡れた肉ひだをめくりあげ、股間の中心を貫いてきた。自分の体を他人に乗っとられるような衝撃が、佐代子の頭の中を真っ白にした。それでも細めた眼で必死になって高見沢を見つめる。会社では決して見せない、獣の牡の欲情に駆られた顔をむさぼり眺める。男に抱かれている実感に満たされていく。

「き、きつい……」

高見沢は喜悦に声を上ずらせながら腰を震わせると、ずんっと奥まで突きあげてきた。

「んんんんーっ！」

子宮をしたたかに叩かれ、さすがの佐代子もぎゅっと眼を閉じた。瞼の裏で金と銀の火花が散った。高見沢が上体を被《かぶ》せてくる。発情に汗ばんだ佐代子の体をきつく抱きしめ、腰を使いはじめた。

「あああああっ……」

佐代子は暗闇の中にいた。眼を閉じたまま、自分の中に入っては抜かれ、抜かれては入り直してくる野太いものの存在に、意識を集中していく。矢尻のようなカリのくびれで、濡れた肉ひだが逆撫でされている。奥まで入ってくると息がとまり、苦しくてたまらなくなり、眉根がどこまでも寄っていく。

そのかわり、抜かれるときは眼も眩《くら》むほど心地いい。ずんっ、ずんっ、ずんっ、と連打を送りこまれると、我を忘れてひいひいと喉を絞った。陶酔のときが訪れた。ずちゅっ、ぐちゅっ、という卑猥な肉ずれ音に羞《は》じらうこともできないほど乱れに乱れ、汗ばんだ五体を躍らせた。気がつくと、好きでもない高見沢を必死になって抱きしめていた。

「おおおっ……出るっ……もう出るっ……」

高見沢が耳元で唸り、大きく突きあげてきた。体のいちばん深いところで、ドクンッ、ドクンッ、と男根が暴れだす。

「はぁあああっ……はぁおおおおおっ……」

佐代子は喜悦を嚙みしめるように眼をつぶり、高見沢の体にしがみついた。その瞬間が、佐代子はなによりも好きだった。愛していると言ってもいい。自分の中で果てる男は可愛いからだ。好きでもない男を、好きになりかける。愛してしまいそうになる。だが、そんな甘い結末は訪れたことがない。

「はぁあああっ……はぁあああっ……」

「おおおおおっ……おおおおおっ……」

喜悦に歪んだ声をからめあわせ、身をよじりあった。やがて動きがとまった。乱れきっていた呼吸が整うと、高見沢はそそくさとベッドをおり、バスルームに向かった。いつだってそうだった。佐代子を抱く男は、事後にゆっくりと部屋に留《とど》まっていたためしがない。

やがてバスルームから出てくると手早く服を着け、

「悪い。俺先に帰るから、ゆっくりしてってって……」

やはりそそくさと部屋を出ていってしまうのだった。

2

翌日、会社の女子更衣室でのことである。

同僚のOL三人に、佐代子は怪訝な眼を向けられていた。

三人とも二、三歳年下だったが、佐代子は半年前にこの会社に来たばかりの派遣社員で、彼女たちは五年以上働いている正社員。いちおう先輩なうえ、正社員の制服はチェックのベストに赤いリボンで、派遣は地味な紺と、露骨に区別されている。そんなこともあり、年下にもかかわらず彼女たちはいつも上から目線で話しかけてくる。

「石本さん、昨日の歓送迎会のあと、高見沢さんと消えたでしょ？」

三人の中でリーダー格の村瀬恵里香が言うと、他の二人も追従した。

「消えた、消えた」

「ふたりでこっそりどこに行ったんですかぁ？」

「べつに……」

佐代子はシレッとして首を横に振った。

「駅まで一緒だっただけよ。電車は別々だったし」

「本当ですかぁ？」

「油断ならないからなあ、石本さんは。危ないっていうか……」

彼女たちが佐代子を見る眼つきには、嫌悪感が滲《にじ》んでいた。高見沢紀之が社内でそこそこ人気のある男子なせいもあり、露骨な嫉妬《しっと》も含まれている。

佐代子はべつに平気だった。

昔から同性には嫌われるタイプだったから、仲良くしてほしいと期待したことがない。一年サイクルで派遣先が変わっても、同性の友達などできたためしがなかった。女子更衣室には、からまれたり、いじめで物を隠されたり、よってたかって罵声を浴びせられたり、嫌な思い出しかない。

理由は簡単だ。

佐代子が誰とでも寝る女だと思われているからである。

実際、そうだった。

この会社に来てから半年で、もう四人の男と体を重ねている。

誘われたら、断れない。

いつからそんなふうになってしまったのだろう？

よく覚えていないが、ヴァージンを失った相手に遊ばれたせいだろうか。

とはいえ、佐代子は佐代子で一刻も早く処女など捨ててしまいたかったので、相手なんて誰でもよかったところがあった。だから、公平に見ておあいこだ。

佐代子は昔から男の理想が高かった。

本当に好きになり、彼氏と呼べる存在になる相手には、求めたいものがいっぱいあった。

容姿のよさや背の高さはもちろん、一流大学を出て名のある会社に勤めていてほしかったし、年収は多い方がいいし、服装のセンスがない男と並んで歩くのは嫌だし、頭の回転が速くて話題が豊富じゃないと退屈だし、流行のレストランやバーに連れていってほしいし、できれば左ハンドルの外車に乗っていてほしかった。

もちろん、そんな男がおいそれと見つかるはずもなく、仮に見つかったとしても自分と釣りあいがとれないことくらい、よくわかっていた。

だから、誘われると断れない。

どうせ理想の男ではないのだから遊ばれてもいいし、自分も遊んでしまえばいい、となってしまう。

結果、同性から蛇蝎《だかつ》のごとく嫌われることになった。

ベッドインは女の最後の切り札で、それを安売りする女は、女の敵、ということらしい。先ほどのOL三人組も、陰では佐代子のことを「やりまん、させ子、ド淫乱」と罵《ののし》っているに違いなかった。尻尾《しっぽ》をつかまれたわけではないが、同性にはそういう種類の女を嗅《か》ぎわける能力があるのだろう。

だが、佐代子は知っていた。

佐代子を蛇蝎のごとく忌み嫌い、陰口を叩き、時に直接嫌味を言ったり、いじめの刃《やいば》を向けてくる彼女たちも、本音では佐代子を羨《うらや》ましく思っていることを。

なにせ、やりまんはモテる。

断言してもいい。

表面的には眉をひそめていても、男たちはやりまんが大好きだ。陰で悪口を言っている男に限って、ふたりきりになると誘ってくる。そう、高見沢紀之のように。子種をばらまかねばならない本能をもつ男にとって、「愛する女」より「やれる女」のほうがプライオリティが高いのである。

はっきり言って、モテまくりだった。

もちろん、人間は理性に基づいて生きているから、本能のまま闇雲に子種をばらまいたりすれば大変なことになってしまう。

けれども、理性のタガをはずすアルコールというドラッグを、日常的に常用しているのも、また人間なのである。

酔った男はやりまんに極めて弱い。

一見イケてて、女に不自由していなさそうなタイプも例外ではない。

いや、むしろ、酔ったどさくさでラブホテルに連れこもうとするのは、イケてるタイプが多いと言える。モテない男は自分に自信がないし、断られたらしばらく立ち直れないナイーブな神経の持ち主なので、大胆な行動をとれないからだろう。

佐代子は派遣される先々で、いちばん人気の男子と寝ていた。

同性から嫌われるのも致し方ないほどに。

ただ……。

最近、そんな自分をどうかと思うようになったのも、また事実だった。

きっかけはクルマだ。

半月ほど前のことである。新車の購入を考えている姉に頼まれ、ディーラーまわりに付き合わされた。

あるディーラーで姉が希望の車種を伝えると、ディーラーの営業マンは熱心に試乗車の購入を勧めてきた。中古といえば中古だが、ディーラーが管理していたので品質は問題ないし、客が試乗しただけなので走行距離が短いし、いまなら大幅値下げできるので断然お買い得ですよ、と言った。

クルマを運転しない佐代子には耳寄りな話に聞こえたが、姉はまったく相手にしなかった。あとで理由を聞くと、こんな答えが返ってきた。

「試乗車っていうのは、ものすごくエンジンの疲弊が激しいのよ。いろんな人が、いろんな乗り方で、短距離を目いっぱい走るでしょう？　試乗車だからって乱暴に、慣らしもいい加減にアクセル踏みこんで」

「ふうん、そういうもんなの」

「そうよ。試乗車で三千キロ走ったクルマを買うくらいだったら、ひとりのオーナーが愛着をもって三万キロ走らせた中古車のほうが、ずっとコンディションがいいんだから」

佐代子はドキッとした。

自分は試乗車なのではないかと思ったからだ。

いろんな人に、いろんなやり方で、ほんのひとときだけ愛される体……どうせワンナイトスタンドだと、いたわりもなく好き放題にもてあそばれ、荒ぶる欲望の捌《は》け口にされているだけの女……。

自覚症状もあった。

最近、心が疲弊していた。

行為が終わったあと、虚《むな》しさや淋しさをもてあますようになった。

高見沢紀之のときもそうだった。

ああいう具合に男にとり残された場合、昔だったら、ラブホテルの大きな風呂でのんびり半身浴をし、ひとり広々としたベッドで朝までゆっくり寝ることで、セックスとは別種の癒しを得られたものだ。

だが、あのときはとてもひとりでのんびりする気にはなれず、すぐに部屋を出て最終電車に飛び乗った。もちろん、いささか残念なホテルであったことも部屋を出た理由のひとつだが、それよりも心の問題のほうがずっと大きかった。あのままホテルに残ってひとりで朝を迎えたりしたら、広々としたベッドの空いたスペースと同じぶんだけ、心に風穴が開いてしまいそうだった。

だが、その一方で……。

心が疲弊するかわりに、セックスはどんどん気持ちよくなっていく。

いろんな人に、いろんなやり方で抱かれているので、性感が広域にわたって開発されているのだろうか。数をこなせばこなすほど、肉の悦びは深く濃くなっていき、体は佐代子にこう語りかけてくる。

「べつにいいじゃない。男がやりちんだとOKで、女がやりまんだからダメだなんて、そんな話おかしいもの。気持ちがいいに越したことはないよ」

いいことなのか、悪いことなのか……。

たとえば、心の通じあった彼氏となら、行為のあとに虚しさや淋しさを感じることがないのだろうか？　朝まで何度も求めあったり、ベッドの中で裸でおしゃべりしたり、腕枕をされて安らかな眠りにつけるのだろうか？

佐代子にはわからなかった。

いままで一度として、普通の男女交際をしたことがなかったからである。

3

「石本さんはそこの席。そこっ！　そこに座ってて！」

村瀬恵里香が鬼の形相で声を張りあげ、鋭く突きたてた人差し指で座敷のいちばん奥の席を指した。

佐代子は表情を変えずに恵里香の指示に従った。

定年退職する社員の慰労会だった。

恵里香の顔には、「あんたみたいなやりまん、イケてる独身男子の隣には絶対に座らせませんからね」と書いてあった。部署内の他の女子たちも彼女と同様の顔つきをしていて、どうやら全員で結託している様子である。

佐代子の前に座っているのは、田尻昌夫だった。三十三歳。いちおう独身だが、体型はメタボ。太っていて、メガネをかけていて、汗っかきという、女子に嫌われる要素を各種取り揃えたうえ、人畜無害を絵に描いたようなタイプだった。

それはべつにかまわないが、無口のおまけまでつくと扱いに困る。壁際の奥の席に押しこまれたうえ、話し相手もいない酒席は、苦痛以外のなにものでもない。

佐代子の隣の女は、完全に背中を向けておしゃべりをしていた。背中から「話しかけないでオーラ」がひしひしと伝わってくる。田尻の隣も同様で、見るからにふたりでバリアの役割を担っていた。パージもここまでされると、いっそ爽快である。

二度と部署の宴会など出てやるもんか、と思った。

しかし、恵里香をはじめとした女子たちの目論見《もくろみ》はまさしくそれであろうから、苛々《いらいら》すればするほど屈辱を噛みしめることになる。

飲むしかなかった。

日本酒は酔い方が危険なので、なるべく避けたいところだったが、眼の前にそれしかなかったので、ぐびぐび飲んだ。とはいえ、「いい飲みっぷりだねえ」と冷やかしてくれる男が側《そば》にいなくては、ただの馬鹿だ。田尻を見ると、幸せそうな顔でこのわたなどを食べている。ここにも馬鹿がいる。佐代子と同じく女子からパージされているのに、どうしてそんなに平然としていられるのだろう。

店は昨今流行《はや》りの個室居酒屋で、鰻の寝床のような細長い部屋に三十人ほどが座っていた。端の席と端の席はかなり遠い。いちばん遠い席に高見沢紀之がいる。この宴会に参加しているメンバーで、佐代子を抱いた男が高見沢を含めて三人いた。「あなたとあなたとあなたは兄弟です!」と指差してやったらどんなリアクションをとるだろうかと想像してみても、虚しいだけだ。

「ちょっとピッチ早いんじゃない?」

田尻が柔和な笑顔を向けてきた。

「そんなに飲みすぎると、解散前に潰れちゃいますよ」

「はあ……」

佐代子は恨みがましい眼で田尻を見た。

「でも、お酒でも飲まないと……退屈で……」

「ごめんね。僕が無口だから……」

田尻はメガネの奥の眼を糸のように細めて笑った。

（……やだ）

佐代子はその笑顔に吸いこまれそうになった。苛立っていた感情を水にたとえるなら、田尻の笑顔がスポンジのような役割を果たして、胸がすうっと楽になったのだ。

不思議な感覚だった。

見れば見るほど、田尻の容姿はイケてない。メタボなだけではなく、ブサイクなだけではなく、女を惹きつける男らしさが微塵《みじん》も感じられない。これほどモテなさそうな男に抱かれたことは、やりまんの佐代子でもさすがになかった。

なのにどういうわけか、笑顔に癒されてしまう。

退屈が好奇心を疼かせたのかもしれない。

田尻のようなタイプの男は、どんなセックスをするのだろう、と思った。三十三歳だからまさか童貞ということもないだろうし、フーゾクくらいは行ったことがあるだろう。あるいは……。

「田尻さんって彼女いるんですか？」

我慢できずに訊ねてしまうと、

「ううん」

田尻は即答で首を横に振った。なぜか笑っていた。彼女がいないことをこんなに楽しそうに告白する男を、佐代子は他に知らなかった。

「じゃあどういう女の子が理想のタイプ？」

「うーん、そうだな……」

田尻がうっとりした顔で名前を挙げたのがフジテレビの人気女子アナだったので、佐代子はあんぐりと口を開いた。

いい歳《とし》をして、身のほど知らずで、夢見がちすぎる。

だが、呆《あき》れると同時に、眼の前にいるのは自分と同じ種類の人間だ、とも思った。つまり田尻も、異性に対して理想が高すぎ、そのせいでいままで誰とも付き合ったことがないかもしれない。

童貞の可能性がにわかに増してきた。

三十三歳で女性経験がないなんて、キモいと言えばキモすぎるけれど、ピュアと言えばどこまでもピュアだ。佐代子だってそうだ。田尻と違ってセックスの場数だけは踏んでいるものの、心はいまでもピュアなままだ。

鼓動が高鳴った。

田尻にやらせてあげたら、いったいどうなるだろう？　なにしろ初めての女だ。夢中になってくれるのではないだろうか。放出したらそそくさとシャワーを浴びて部屋を出ていったりせず、もう一回、もう一回、と朝まで挑みかかってきたり、布団の中でイチャイチャしたり、腕枕をしてくれたりするのではないだろうか。

好都合なことがある。

田尻は部署内で仲良くしている同僚や女子もいなさそうなので、佐代子に関する悪い噂を耳にしていないかもしれない。

（一緒に帰ったら、誘ってくるかな……誘われたらわたし、断らないよ……）

日本酒をぐびりと飲み、相変わらず幸せそうな顔で酢蛸《すだこ》などをつまんでいる田尻を横眼で盗み見る。割り箸を持つ指がむちむちしていてひどく太かった。唇も分厚い。色白のほっぺたが触ったら気持ちよさそうだった。まったく好みのタイプではないのに、不思議なくらいセックスアピールを感じてしまう。

それまで、一分一秒が過ぎるのが途轍《とてつ》もなく長く、苦痛に感じていたのに、田尻とセックスをする妄想に駆られてからはあっという間だった。気がつけば幹事が一本締めの音頭をとり、宴会はお開きになっていた。

佐代子は二次会に行く面々に挨拶して別れた。

田尻も二次会には行かないようで、ひとりで集団に背を向けた。みなが向かう最寄りのJRの駅ではなく、少し離れた地下鉄の駅まで歩くようだ。

もはや神様が背中を押しているとしか思えなかった。

佐代子はさりげなく田尻を尾行し、誰にも見つからないところまで来たところで、偶然を装って声をかけた。

「あっ、田尻さんもこっちだったんですかぁ？」

「おおっ、今日は妙に一緒になるなぁ」

肩を並べて歩きだした。

人影の絶えたオフィス街は静まり返り、佐代子のパンプスの音だけがカツカツと妙に甲高《かんだか》く鳴り響いている。

無口な田尻は黙々として歩き、佐代子はじっと眼を凝らして夜闇に灯ったラブホテルの看板を探していた。

駅の近くまで来て、ようやく一軒見つかった。嬉しいことに、ブティックホテルと呼んでいい小綺麗なたたずまいだった。

都合よく、あたりに人もいない。歩くペースをスローダウンさせた。それだけでドキドキだった。佐代子は自分から男をベッドに誘ったことなどないし、積極的に誘ってほしい素振りを見せたこともなかった。

「どうかした？」

田尻が足取りを緩めて訊ねてくる。

「いえ……その……べつに……」

佐代子ははにかみながらも、田尻の視線の動きを見逃さなかった。ラブホテルの看板をチラリと見た。

しかし、再び歩調を元に戻す。平然としている。おかしい。獣の牡の匂いがまったく漂ってこない。初めてだから、どう誘っていいのかわからないのだろうか。そうかもしれない。三十三歳にして童貞なら、気後れしてもしかたがない。誘って断られたらボロボロに傷ついてしまうと、ピュアなハートをかばっているのだ。

「あのうっ！」

佐代子は右手で田尻のスーツをつかみ、左手でラブホテルを指差した。

「……や、やりませんか？」

泣きたくなった。「寄りませんか？」と訊ねるつもりが、女子にあるまじきはしたない言葉が口から飛びだしてしまった。

田尻は唖然《あぜん》とし、メガネの奥の眼を丸くしている。

軽蔑される、と佐代子は身を固くした。

一か八《ばち》かの賭けだった。勇気を出して初めての誘惑。断られたら女のプライドがズタズタになると思った。断られるどころか、三十三の童貞に、ふしだらな女だと軽蔑されるのは死ぬほどつらい。

しかし……。

田尻はメガネの奥で眼を糸のように細めると、

「べつにいいけど」

柔和な笑みを浮かべてラブホテルのほうに歩きだした。今度は佐代子が啞然としてしまうほど、余裕綽々《しゃくしゃく》だった。

4

扉が閉まった。

部屋がふたりきりの密室になると、田尻は戸惑いも躊躇《ためら》いも見せず、緊張感すらいっさい漂わせないで佐代子を抱きしめた。

「あっ……」

佐代子はまともな反応ができなかった。自分からはしたない台詞で誘ってしまったことに、まだ動揺していたからだ。

ジャケット、ニット、バルーンスカート……手際よく服が脱がされていく。展開が早すぎる。

気がつけばブラジャーとショーツだけでベッドの上に体を横たえられていた。シーツとマットの間に、カサカサと音がする汚れ防止用のマットは敷かれていなかった。暖かみのあるオレンジ色のシーツは、肌触りがとても柔らかかった。

それはいい。

しかし、あろうことか下着が地味なベージュだった。

うっかりしていた。もう試乗車になるのはやめよう、宴会があるからといって、見られてもいい下着を着けていく女でいるのは卒業しよう、と朝の着替えのとき殊勝にも思ったことが裏目に出た。殊勝な女になどなれるはずがないのに……。

「んしょ」

田尻は自分の服も手早く脱いで、ブリーフ一枚でベッドにあがってきた。

裸になるとメタボ体型がよりいっそう露わになり、お餅のおばけがブリーフを穿《は》いているみたいだったけれど、そんなことを気にしている余裕もない。

「……ぅんんっ！」

息がとまるような深い口づけをされ、佐代子は頭がぼうっとなった。顔は火が出るくらい熱くなり、怖いくらいに動悸が乱れている。

耳元にふうっと息を吹きかけられると、ぶるぶるっと身震いが走った。過ぎ去ると同時に、体の芯が熱く燃えあがっていく種類の身震いだった。

田尻がうっとりとした眼で見つめてくる。

ブリーフ一枚なのにメガネをかけているのが変だったが、そんなことはどうでもいい。視線がひどく饒舌だった。まるで無口であることを損失補塡するように、熱い視線を全身に注ぎこまれた。視線から、キミの体に興奮しているという気持ちが、ひしひしと伝わってきた。そういう男は珍しくなかったが、下世話なジョークで照れ隠しをしない男は珍しかった。

「んんっ……」

ブラジャーの上から胸のふくらみを揉まれた。

田尻の指は芋虫みたいに太いのに、ソフトでやさしい揉み方だった。指先だけ使って、ぷにぷにと押してくる感じだ。

佐代子は痛いくらいの愛撫が嫌いではなかったけれど、やさしい刺激も悪くないと思った。

いや、なんだかいつもより興奮してしまう。ブラ越しの刺激というもどかしさと相俟《あいま》って、カップの内側がみるみる汗ばんでいく。

（ああっ、早くっ……早く脱がしてっ……）

生活感も露わなベージュの下着の上から愛撫されているくらいなら、いっそ自慢の乳房を直接触ってほしかった。九十五センチのGカップに、芋虫みたいな太指を深々と沈めてくればいい。それとも、女のふくらみを生で、直接手にしても、荒々しく揉みしだいてこないのだろうか。椿の花を扱うように、やさしくソフトに揉みしだいてくれるのか。

想像すると、ぶるるっと再び身震いが起こった。

体がどんどん熱くなっていく。

しかし、田尻はなかなかブラを取ってくれず、指を動かしながら首筋に舌を這わせてきた。本人の体型に似た太い舌で、ねろっ、ねろっ、と舐められた。舐めては、チュッ、チュッと音をたててキスの雨を降らせてくる。その一つひとつの軽い刺激が、どういうわけかたまらなく新鮮で、両脚の間が熱くなっていく。

結局、田尻はブラを取らないまま、右手を下腹に這わせてきた。

ベージュのパンティの上から恥ずかしい丘をなぞられた。

「ううっ……んんんっ……」

佐代子は白い喉を突きだしてくぐもった声をもらした。どうしてだろう？　田尻の動きはひどくゆっくりなのに、翻弄《ほんろう》されてしまう。心臓のドキドキがとまらない。息がはずみ、気持ちがつんのめって、いてもたってもいられなくなってくる。

ねちり、ねちり、と芋虫のような指がこんもりした丘を撫でまわす。佐代子は両脚をピーンと突っ張り、逞《たくま》しい太腿をぴったりと閉じあわせている。じわじわと指が下に落ちてくる。なめらかなショーツの生地の上で、指先がくるくると回転した。

「あぅううっ……」

口からもらす声が物欲しげに熱を帯びてしまう。

田尻はこともなげにショーツの上からクリトリスの位置をつきとめた。指使いそのものも、息を呑むほどうまい。

悔しいけれど、もう間違いなかった。

田尻は童貞どころか、けっこうなやりちんだ。

「あああっ……あああああっ……」

クリトリスの上で太い指をぶるぶると震動させられると、佐代子はたまらず身をよじり、みずからはしたないM字開脚を披露してしまった。

「ねえ、触ってっ……もっと触ってっ……」

甘ったるい声でおねだりまでしてしまったのは、みずから脚を開いたことで理性のタガがはずれてしまったからだろう。

　さながら発情した牝犬のような振る舞いに羞恥心と自己嫌悪がこみあげてくるが、田尻は柔和な笑みでうんうんとうなずいた。淫乱めいた態度を咎《とが》めることなく、股布の上から敏感な部分を触ってくれた。

　しかし、触り方はどこまでももどかしいものだった。

　五本の指をバラバラに動かし、くすぐるような感じで、ショーツに包まれた割れ目やアヌスやクリトリスを刺激してくる。触るか触らないかのフェザータッチなのが憎たらしい。そんな刺激では、ショーツの内側が熱くなっていくばかりで、ちっとも満足できやしない。

（直接いじってっ……そのぶっとい指でめちゃくちゃにいじりまわしてっ……）

　せつなさに激しく身をよじっていると、

「あぁうううーっ！」

　不意に股間に衝撃を覚え、佐代子はのけぞって悲鳴をあげた。

　ショーツを食いこまされたのだ。フロント部分を掻《か》き寄せてつかんだ田尻は、クイッ、クイッ、とリズムをつけて刺激してきた。

「ああっ、いやあっ……いやあああああっ……」

ベージュのショーツからはみ出した繊毛が恥ずかしくてしようがなかったけれど、羞じらいを凌《しの》ぐ痛烈さで女の割れ目に衝撃が襲いかかってくる。ショーツを縁取っているチクチクしたフリルに花びらをめくりあげられ、両脇から生汗がどっと噴きだす。

とはいえ、生地の刺激はやはりどこかやるせなく、もどかしさが募っていくばかりだった。欲しいのは、もっとダイレクトに性感を揺さぶる刺激だった。

「ねえ、指まん……指まんしてっ……」

恥を忍んで涙眼で訴えてみたものの、田尻はうんうんとうなずくばかりで、いっこうにショーツを脱がしてくれる気配はない。

それどころか、体の位置を移して、両脚の間に顔を入れてきた。ショーツをつかんで股間に食いこませたまま、舌を伸ばしてきた。

「ひぃいいっ！」

はみ出した繊毛の上をねろりと舐められ、佐代子の腰はビクンと跳ねあがった。生温かい舌の感触が、くすんだ色の素肌に染みこんでくるようだった。

ねろり、ねろり、と田尻は舌を使いながら、クイッ、クイッ、とショーツを引っぱる。悠然としたリズムで、時に角度を調整しつつ、肉の合わせ目にあるクリトリスを股布の内側でこすってくる。時折、ショーツの中にぬるりと舌先が侵入してきて、花びらにあたると飛びあがりそうになる。

「ああんっ……はぁああんっ……舐めてっ……おま×こ舐めてっ……おま×こ直接ナメナメしてよううっ……」

「いやらしいな。女子の言葉遣いじゃなくなってきたぞ」

さすがに田尻は苦笑をもらし、しかたなさげにショーツを脱がしてくれた。女の花が剝きだしになった。恥ずかしいほど発情の蜜を漏らし、熱く疼いていた部分に新鮮な空気を感じ、佐代子は心地よさのあまり気が遠くなりかけた。

「あああっ……」

媚びを含んだ声を出し、潤んだ瞳で田尻を見つめる。さあ、早く両脚をひろげて、熱く疼いてる部分を舐めてちょうだい、と心の中でささやきかける。

しかし田尻は、思ってもいなかった行動に出た。

「あんまり声を出さないほうがいい。そのほうが感じるから……」

柔和な笑みをもらしつつも、佐代子から奪ったばかりのショーツを丸め、佐代子の口に入れてきた。

「……ぅんぐっ！」

佐代子は眼を白黒させた。人畜無害の見本のような彼に、そんなことをされるとは夢にも思っていなかったからだ。

5

「ぅんぐっ……ぅんぐぐっ……」

大きく開いた両脚の間を舐めまわされながら、佐代子は自分のショーツを噛みしめた。酸っぱかった。股間に食いこまされる愛撫で恥ずかしい蜜を股布にいっぱい漏らしていたので、発情した牝そのものの匂いがした。

吐きだそうと思えば吐きだせたのだが、田尻の言ったことが本当だったので、できなかった。ショーツを噛みしめて声をこらえたほうが、ずっと感じやすくなるのだ。声を出さないぶん、快感が体の中に留まって、蓄積されていくようだ。

「むううっ……むううっ……」

田尻は野太い舌を躍らせ、アーモンドピンクの花びらをひらひらとそよがせてくる。ねろり、ねろり、と割れ目の下から上まで舌を這わせては、クリトリスのまわりでくるくると舌先を回転させる。

(ああっ、なんていやらしい顔で舐めてるの……)

佐代子は股間の刺激に悶えながらも、眼を閉じることができなかった。

ショーツを嚙みしめながら、舌を躍らせている田尻の顔をむさぼり眺めた。メガネをかけたままクンニリングスに励む男を初めて見たが、驚くほど卑猥だった。オフィスで見せている日常を引きずりながら、表情だけは獣の牡だ。それも、とびきりいやらしい。

それに、メガネをかけていることによって、恥ずかしいところを隅々まで凝視されているような気がした。なんだか、性感までも見透かされていそうだ。

舌使いの練達さがそう思わせるのかもしれないけれど、佐代子はうぐうぐと喉奥で悶えながら、獣の匂いのする粘液をとめどもなくあふれさせた。田尻がじゅるじゅると音をたてて吸いたて、相当な量を嚥下《えんか》しているのに、あとからあとからあふれてくる。アヌスはすでにヌルヌルだし、下手をしたらシーツまで垂らしてしまっているかもしれない。

どうして？　と思った。

どこからどう見てもモテるはずがない田尻が、どうしてこれほどセックスがうまいのだろうか？

しかし、思考はすぐに分断された。

田尻がクンニを中断して、ブリーフを脱いだからだ。

片脚を高々と持ちあげられたと思ったら、いきなり横から入られた。

「ぅんぐっ……」

ショーツを噛みしめていなければ、恥ずかしいほど大きな悲鳴を撒《ま》き散らしていただろう。クンニでヌルヌルになっていた女の割れ目が、火を放たれたように熱く燃えあがった。

「むうう……」

田尻が腰を前に送ってくる。

鋼鉄のように硬くみなぎった男根が、ずぶずぶと蜜壺に沈み、支配されていく。

一瞬見えた彼のイチモツは大きく見えなかったが、それはメタボ体型のせいだったらしい。長くて太くて硬かった。

いちばん奥までゆうゆうと届き、隅々まで支配された気がした。しかも横向きだから、普通とあたる位置が違う。田尻が高く持ちあげた片脚を抱えこみ、腰を使いはじめると、佐代子は身をよじってよがり泣いた。

「ぅんぐっ……ぅんぐっ……」

さすがにショーツを噛みしめているのがつらくなり、吐きだした。ショーツの生地に口の中の唾液が吸いとられ、一瞬声が出なかった。田尻はかまわずぐいぐいと腰を使ってくる。股間の凹と凹とを噛みあわせた松葉崩しで、したたかな連打を送りこんでくる。

「あっ、いいっ！　いいぃいいいいいっ……」

佐代子は乱れた。いきなり松葉崩しというのも新鮮だったが、田尻はある思惑をもってその体位を選んだようだ。勃起しきった男根を抜き差ししながら、肉の合わせ目にあるクリトリスを指でいじってきた。執拗なクンニリングスで赤剝けになるほど敏感になっている女の急所を、ねちっこく転がしてきた。

「いっ、いやあああああああっ……」

裂かれた両脚の間が耐え難いほど熱くなり、佐代子は悲鳴をあげた。ちぎれんばかりに首を振り、髪を振り乱した。なにかつかむものを探したが、枕は遠かった。必死になってシーツを手繰《たぐ》り寄せ、握りしめた。

(な、なんなの、これっ……)

メタボ体型のくせに、田尻の腰使いは怒濤のようだった。前戯のときのソフトタッチが嘘のように、力ずくでぐいぐいと責めてくる。長大なサイズを誇るように、奥の奥まで深々と穿《うが》ってくる。

おまけにクリのいじり方が憎らしいほど的確だった。ピストン運動の快感と相俟って、快感が倍々ゲームで高まっていく。みるみるうちに絶頂近くまで追いこまれてしまう。

「ああっ、ダメッ……そんなにしたらっ……」

まるで嵐に飛ばされる木の葉のように、佐代子は無力だった。ブラジャーが着けられたままの胸が苦しかったけれど、それにかまっていることもできない。

「そんなにしたらっ……イッ、イクッ……イッちゃうっ……」

なすすべもなく、のけぞって太腿をぶるぶると震わせると、不意に田尻の動きがとまり、脚が閉じられた。性器を繋《つな》げたまま、体位を変えられた。今度は四つん這いだ。戸惑っている暇もなかった。これほどスムーズに体位を変えられたのは、たぶん初めてだ。

「あああっ……」

尻の双丘をむぎゅむぎゅと揉みしだかれ、声がもれる。目前まで迫っていた絶頂の高波は、動きをとめられたことでいったん去っていった。体位が変わってあたる部分が変わったことも、やり過ごせた原因だろう。

とはいえ、発情の水位は高く保たれたままだった。結合部からあふれた蜜が、内腿を濡らし膝まで垂れていく。田尻の玉袋の裏までびしょ濡れにしているに違いないと思う。

早く動いてほしかった。

再び怒濤のピストン運動が送りこまれれば、わけもなくオルガスムスに導かれてしまうだろう。

けれども田尻は、なかなか動きださなかった。尻の双丘をじっくりと揉みしだくと、今度はブラジャーのホックをはずしてきた。カップの中で汗まみれになったふたつの胸のふくらみに、野太い指をぎゅうっと食いこませてきた。

「くぅううっ……」

佐代子は食いしばった歯列の奥から、せつなげな声を絞りだした。一瞬失神してしまいそうになったほど心地よかった。乳房を揉まれただけでこれほど心地よかったことなど、いままで記憶にない。

ずっと放っておかれたけれど、やはりそこは女体の象徴にして性感帯。野太い指で揉みくちゃにされると、ひぃひぃとよがり泣かずにいられなかった。噴きだした汗がローションのような効果を発揮し、ヌルヌルするのもたまらない。左右の乳首を同時につまみあげられると、あまりの喜悦に声すら出ず、丸く開いた唇からツーッと糸を引いて唾液が垂れた。

「むううっ……」

田尻は乳房を愛撫しながら、腰を動かしはじめた。乳房を揉まれているだけで失神しそうだったのに、蜜壺に埋まった男根までが動きだしたのだ。ぐりんっ、ぐりんっ、と円を描くような動きで、濡れた肉ひだを混ぜてくる。勃起しきった男根はますます逞しい生気に満ち、四つん這いの女体をしたたかに貫いている。

「ああっ、いやあっ……」

乳房に奪われていた神経が、次第に下肢に移っていった。突きだしたヒップの中心がたまらなく熱い。腰のグラインドで生まれた熱気はあっという間に手に負えなくなり、気がつけば自分もいやらしく腰をくねらせていた。

田尻の両手が乳房からその腰に移った。淫らがましい動きを押さえこむように両手でがっちりつかまれ、再びしたたかな律動を送りこんできた。パンパンッ、パンパンッ、と尻肉をはじいて、怒濤の連打が始まった。

「はぁあああっ……はぁあおおおおおおーっ！」

佐代子は獣じみた悲鳴をあげた。自分で自分の悲鳴に驚いてしまったが、田尻はそれくらいでは許してくれないようだった。パンパンッ、パンパンッ、と尻肉をはじきながら、アヌスをいじってきた。

嘘でしょ？　と佐代子の顔は一瞬冷たくなった。しかし田尻は、松葉崩しで当然のようにクリトリスをいじってきたのと同様、当然のように尻の穴に指を入れてくる。ヌプヌプと出し入れまで開始する。

「いっ、いやぁあああああーっ！」

佐代子は絶叫しつつも、四つん這いの五体を硬直させた。

怖くて動けなかった。

動けばアヌスが裂けてしまうかもしれないと思った。

初めての体験だった。

排泄器官をいじられるなんて、おぞましい以外のなにものでもない。

ヌプヌプと指が入ってくるたびに、体の内側にぞわぞわと悪寒《おかん》が走る。

意識せずとも、すぼまりをキュッと締めてしまう。

その筋肉の条件反射が、前の穴にも影響を及ぼし、性器と性器の密着感を高めた。

ただでさえ、オルガスムスが目前の蜜壺は、男根をきつく食い締めている。濡れた肉ひだが吸いつき、からみついて、男根を奥へ奥へと引きずりこもうとしている。

むろん、一方の男根は男根で射精を目指して逞しさを増していくばかりだ。

そのうえのアヌス責めだった。

佐代子は半狂乱になった。

金縛りに遭ったように動けないまま両手でシーツを握りしめ、脂汗だけをタラタラと垂らして、二穴を犯される喜悦にむせぶ。

アヌスに入ってくる指は、深さを増していくばかりだった。

時折、ぐりんと掻き混ぜられた。

一方、みなぎる男根はどこまでも逞しく長大さを誇り、お腹《なか》のあたりまで串刺しにされているようだった。ずちゅっ、ぐちゅっ、という肉ずれ音が、さざ波のようなヴァイブレーシヨンとなって、指先まで響いてくる。

「あおおおっ……おおおおおっ……」

佐代子は女らしくあえぐことすらできず、低くうめくばかりだった。閉じることのできなくなった唇から、ツツーッ、ツツーッ、とシーツに涎《よだれ》が垂れていくのを、見開いた眼でじっと見つめている。両手ですくえそうなくらい、水溜まりができている。

（すごいっ……すごいよっ……）

いままでのセックスでは決して辿《たど》りつけなかった境地に達し、佐代子はほとんど感動していた。身をこわばらせて動けずにいるのに、五体の肉という肉が歓喜に痙攣《けいれん》している。二穴を責めたてられるほどに、新しい快感の扉がどんどん開いていく。

気がつけば、眼も眩《くら》むほどの高みに到達していた。松葉崩しで追いこまれそうになったオルガスムスより、遥かに大きな恍惚《こうこつ》が襲いかかってこようとしていた。戦慄《せんりつ》にも似た震えが体の芯からこみあげてくる。

「イッ、イキそうっ……」

滑稽なほど上ずった声で言った。

「イッ、イッちゃいそうっ……ねえ、いい？　先にイッてもいい？　イッ、イカせてっ……このままイカせてっ……あああああっ……イッ、イカせてえええええーっ！」

切羽詰まった哀願に、田尻は応えてくれた。

尻の穴から指を抜き、あらためて両手でがっちりと腰をつかんできた。

渾身のストロークで、四つん這いの体が浮きあがるくらい突きまくり、パンパンッ、パンパンッ、と尻肉をはじく。

「いっ、いやっ……いやいやいやっ……はぁあああああーっ！」

佐代子はわけもなく恍惚に達した。

何百メートルの高みから落下しつつ、奔流に揉みくちゃにされるような、想像を絶する快感が訪れ、泣きじゃくりながらちぎれんばかりに首を振った。

「はっ、はぁおおおおおおーっ！」

悲鳴の声音《こわね》が変わったのは、田尻が最後の楔《くさび》を打ちこみ、勃起しきった男根をドクンと震動させて男の精を放ってきたからだった。

その瞬間、天地が逆さまになり、落下していたはずが、今度は急上昇していった。

経験したことはないけれど、テレビで見たことがあるバンジージャンプのようだった。

快感は重力に似て、どこまでも落下していく感覚があるのに、あるところでゴムが伸びきって引っぱりあげられる。

男根がドクンと震動したときだ。煮えたぎる粘液を体の内側に注ぎこまれるたびに、肉の悦びが再燃し、急上昇に切り替わる。

ドクンッ、ドクンッ、ドクンッ……。

二重、三重、四重に、畳みかけるように絶頂に達していった。

バンジージャンプと違って、眼下に風光明媚な大自然は見えなかった。

佐代子は眼をつぶっていた。

瞼《まぶた》の裏が歓喜の熱い涙でびしょ濡れになっているのを感じながら、落下しては急上昇し、急降下しては引っぱりあげられる、至上の恍惚に悶絶しつづけた。

6

「……あふっ」

田尻が最後の一滴を漏らしおえると、佐代子はシーツの上にうつ伏せで倒れた。

全身を弛緩《しかん》させても、尻や太腿がピクピクと痙攣していた。自分の汗の匂いにむせてしまいそうだったし、途中までショーツを噛んでいた口の中はカラカラに渇ききっていたけれど、まずなによりも呼吸を整えなければ指一本動かせそうになかった。

「……大丈夫かい？」

田尻が体をあお向けに直してくれた。唇に硬いものがあたる。ミネラルウォーターのボトルだった。ごくんとひと口飲みこむと、口と喉とお腹の中にひんやりした水分がひろがり、少しだけ現実に呼び戻された。

「暑いね……」

田尻は滝のような汗が流れている背中を佐代子に向けてベッドに腰かけ、缶ビールの栓をプシュッと開けた。喉を鳴らして飲んだ。居酒屋で向かいあわせに座っていたときより、ずっと男らしい感じだった。

しかし、なぜだろう？

抱かれる前より抱かれたあとのほうが、田尻の存在を遠くに感じた。

「……びっくりした」

佐代子は息が整うのを待ちきれずに言った。

「セックス、こんなにうまいなんて……意外……」

「童貞かと思ってたんだろ？」

田尻は背中を向けたまま、肩を揺らして笑った。

「えっ……まさか……そこまでは……」

佐代子はあわてたが、

「いいよ、いいよ。よく言われるもの。わたしが筆おろししてあげましょうか、なんて」

さらに意外な台詞が飛んできた。

「もしかして、田尻さん、けっこうモテるとか？」

「どうだろう……」

首を傾《かし》げながら、顔や腋の汗をタオルで拭っている田尻は、後ろから見ると勝ち星を拾って支度部屋に戻った力士のようだった。憎たらしいくらいに余裕綽々だ。

「ただ僕は断らないからね。どんな女の誘いも断らない。ベッドインしてもらえるだけで超ラッキーと思って、ベッドでは一生懸命奉仕する。いつからだろうなあ……そういう心構えでいるようになったら、なんだか妙にお誘いも多くなってきてさ……」

佐代子は息を呑んだ。

自分と一緒だ、と思った。

やりちんといえば肉食系男子がすぐに思い浮かぶが、田尻は草食系のやりちんなのだ。なんだかいきなり腑に落ちた。すごくよくわかる。

今夜はちょっと淋しいから誰でもいいので抱いてほしいという女子のニーズに、田尻はぴったりとフィットしているのだ。ひどく失礼な言い方だが、彼氏にするのは容姿がいささか残念だから、体を重ねても恋に発展しなさそうな安心感がある。

しかし、これほどの床上手なら、抱いたあとに愛が芽生えてもおかしくない気がするけれど。

「どうして彼女つくらないんですか？」

「さあ、どうしてだろう……」

田尻は二本目の缶ビールの栓を開けた。

「もう少しフリーでいたいかな。女運が尽きないうちは……」

ひどく格好をつけた物言いに、佐代子はイラッとした。

全然モテそうもないメタボな三十男が格好つけている姿は、滑稽の極みだった。けれども、イカされたあとなので笑い飛ばすことができない。笑えば自分も笑うことになるからだ。みずから誘ってベッドインし、メロメロに翻弄されてしまったのだから、彼が自信満々なのも当然だった。しかし無性に腹がたつ。憎たらしくってたまらない。

「淋しくないの？」

感情を抑えて訊ねた。

「なんていうか……こういうゆきずりのセックスばっかりしてるのって、淋しくない？　終わったあととか」

「いまのところね」

背中を向けたまま、田尻は言った。まだ格好をつけている。佐代子は内心でキーッとヒステリーを起こす。

「ねえ……」

甘ったるい声を出して、後ろから抱きついた。お互いに汗まみれだったので、素肌と素肌がぬるりとすべる。

「今日は……朝まで……いいんでしょう？」

「ふふっ……」

田尻が脂下《やにさ》がった顔で振り返った。

「おとなしそうな顔して、好き者なんだな……」

抱きしめあい、唇を重ねた。

すぐにネチャネチャと舌をからめあう、ディープなキスになっていった。

「うんんっ……うんんっ……」

佐代子は胸に闘志を燃やしていた。

そんな容姿でモテ男ぶるなんて絶対に許せない。

今度はこちらがメロメロにしてやる番だ。

第二話　壊す女

1

桜井潮音《しおね》には自慢がふたつある。

ひとつは男友達の多さだ。

本音で付き合える男友達が、女友達の数よりずっと多い。

見た目は女らしさを追求し、髪型も服装もフェミニンを心がけているけれど、性格はサバサバして男っぽいほうだから、学生のころから徒党を組んだ女子たちの粘りつくような人間関係が苦手だった。

社会人三年生になったいまでも、カフェでガールズトークをしているくらいなら、上司や取引先のおじさんと居酒屋で生ビールのジョッキでも傾けているほうがよほどいいと思う。

奢《おご》ってもらえるし。

自慢のもうひとつは、それらの男友達と決して寝ないこと。

お酒が大好きなので、ふたりきりで朝まで飲んでいることなどざらにあるし、気がつけばアパートに雑魚寝《ざこね》していたことも一度や二度ではないけれど、あくまで友達は友達。欲情しないから友達なのであって、ノリでうっかりやらせてしまったりしたら、そういうシチュエーションが多いだけに尻の軽いやりまん女になってしまう。

ただ、なにごとにも例外というものが存在する。

男友達に対し、急に欲情してしまうことがある。

それはもう、劇的にスイッチが入る。

男友達が結婚を決めたときだ。

自分でもやっかいな癖だと思う。

そもそも、男と女が友達でいるメリットとはなんだろう？

不可解極まりない異性の本音を教えあえることに尽きる、と潮音は思う。

たとえば「最近、突然彼女が冷たくなった」と悩んでいる男友達がいるとする。

状況を細かく説明してもらえれば、同性の潮音には原因を究明することが難しくない。仲直りするための的確なアドバイスができる。

逆も真なりだ。

好きになった男に対するアプローチ方法を考えたり、ぎくしゃくしはじめた彼氏との関係を改善するのに、これまで男友達の意見は大いに参考になった。

勢い、話題はきわどくなる。

恋人には言えないことまで話してしまう。

お酒だって飲んでいるから、気がつけばセックスについてまで赤裸々にしゃべっている。

全然平気だ。

彼氏の前では絶対に言わないが、「フェラ」とか「クンニ」とか「膣圧トレーニングしてる女ってどう思う？」などと口走っても恥ずかしくない。もちろん「わたしはしてないけど」と付け加えるが。実際にしてないし。

向こうは向こうで、「どうすればナースのコスプレに付き合ってくれるだろうか？」などと真顔で相談してくる。馬鹿だなあと思うけれど、なるべくムーディに女をコスプレに導く方法を伝授して差しあげる。

そこに会話以上のスリルはない。

友達なので、赤裸々な話もまったりとリラックスした気分でできる。

にもかかわらず、彼が結婚を決めた瞬間、急にスイッチが入ってしまうのだ。

具体的に言えば、色眼を使いはじめる。

「おめでとう。絶対幸せになってね」

と祝福しながら、濡れた瞳で見つめてしまう。

体のいちばん深いところが、熱く燃えあがっていくのを自覚する。

理由はわからないけれど、ものすごく彼とセックスがしたくなる。

恋とか愛ではなく、肉体が求める欲情だ。

突きあげてくる衝動だけに始末が悪い。

お酒など入っていたら、とても理性でとめられるものではない。

なにしろ、彼の弱点は一から十までお見通しなのだ。

「バーのカウンターとかでさあ、しゃべりながら突然手を握ってくる女とかいるじゃん？　気まぐれな感じで。俺、ああいうのに弱いんだよなあ」

と言っていた男なら、その通りにしてあげればいい。

「ふうん、本当に結婚するんだ？　残念だなあ。わたし、本当はあなたのこと……けっこう男として気になってたのに……」

言いながらぎゅっと手を握る。台詞は嘘だが、これは効く。男がいちばん好きなのはやらせてくれる女だけれど、話の通じる女はそれより上位概念だからである。話が通じるうえにやらせてくれる女がいれば、放っておく男はまずいない。

「本当かよ？　そんなこと言ったら、俺だって……」

かくしてふたりは体を重ねる。

一度抱かれてしまえば、潮音は憑《つ》きものが落ちたようにすっきりする。

婚約破棄する気になってベッドインした男が半狂乱になることもあるけれど、潮音はべつに略奪したいわけではないから、元鞘に戻ったほうがいいと諭すだけだ。

諭される男もいれば、諭されない男もいる。

一度だけ、後者の男にぶつかったことがあるが、たいへん悲惨なことになった。

よせばいいのに、男友達は結婚相手に選んだ女にすべてを話し、今度は彼女が半狂乱になった。

彼も彼女も大学時代の同窓生だったから、共通の友達がたくさんいた。

潮音はそのほとんどを失った。

潮音にも当時付き合っていた男がいて、友達繋がりで彼の耳にもその話が入り、すったもんだのすえ別れ話に発展した。

親友と呼んでいい数少ない女友達にまで、「最低っ！」と罵られて絶交された。

潮音はショックのあまり三日間寝込み、その後も半年近く落ちこんでいたけれど、たしかに最低なのは自分なので、弁解のしようもなかった。

あれはいったいなんなのだろう？

考えても考えても、急に突きあげてくる衝動の原因がよくわからない。

ただ、これだけは言える。

結婚を決めた直後の男とするセックスは、最高なのだ。

最高に気持ちいい。

潮音はあれほど燃えあがるセックスを他に知らない。

心から愛している恋人とのメイクラブも比べものにならないほど、体中の肉という肉が歓喜に痙攣し、頭の中が真っ白になる。海の底に沈んでいくような、どこまでも深いオルガスムスが味わえる。

あれはいったいなんなのだろう？

答えがわかったところで、衝動から逃れる術《すべ》はないのだけれど。

2

潮音が勤めているのは、渋谷にある中堅規模の広告代理店だった。

昨今、決して景気のいい業界とは言えないけれど、学生時代から広告関係の仕事に就くことを希望していた。長く厳しい就職活動期間を頑張り抜き、ようやくのことで内定をつかんだときの喜びは、筆舌に尽くせないほどだった。

広告業界のいいところは、女でもバリバリ働けるところだろう。センスと実力さえあれば男と同等以上に力を発揮することができるはずで、そういう女になりたかった。

潮音には自信があった。

パソコンの知識は同級生の誰よりもあったし、専門学校とダブルスクールして映像製作ソフトの技術も会得した。映画が大好きで主にＤＶＤだが年に二百本は観ているし、本もジャンルを問わずに年百冊は読んでいる。ｉＰｏｄにはいつだって最新流行の音楽がつまっていて、美術館やギャラリーにこまめに足を運び、話題のトレンディスポットに出かけていくことも大好きだ。

すべては広告の仕事に活かすためだった。

同期入社の中ではすぐに頭角を現せるだろうと思っていた。

もちろん、思いあがりもいいところだった。

潮音は整理整頓やスケジュール管理が苦手で、約束も物もすぐに忘れる。学生時代はそんな自分をお茶目だと笑っていたのだが、ビジネスパーソンにとっては笑えない欠点だった。

優先順位をつけるのが致命的に下手だから、ミスがミスを呼び、パニックになる。チームワークを乱して白い眼を向けられ、みそっかすのような扱いになっていく。

センスを発揮するどころの話ではなかった。

矢崎雄介がいてくれなければ、入社三カ月で辞表を出していたかもしれない。

彼は潮音が所属する制作第二課の課長で、直接の上司だった。

潮音が入社した当時、三十二歳で独身。大学ラグビーで活躍したという体軀《たいく》はがっしりして、顔立ちも立ち振る舞いも男くさいタイプだった。広告業界を泳ぐハイセンスな人間とはお世辞にも言い難かったけれど、そのかわり人を育てる力に長《た》けていた。落ちこぼれでみそっかすな新米部下のことも、しっかりと面倒を見てくれた。

あるとき、失敗続きの自分のダメさが心の底から嫌になり、誰もいない会議室で泣いていたときのことだ。

矢崎課長が入ってきて言った。

「泣いたってなにも解決しないぞ」

少し離れたところから、突き放すような口調で言った。

「最初から全部うまくできるやつなんていない。できることから確実に、コツコツやっていくしかない。桜井はいま、そういう時期なんだ。いつか実力を発揮できるときがくる。そのときまで歯を食いしばって頑張れ。俺がきちんと見ててやるから」

言葉遣いはぶっきらぼうでも、そのときの課長は誰よりも頼りになりそうで、「俺がきちんと見ててやる」という最後の台詞が潮音の胸に響いた。

この人に認められるようになろう、と思った。

それだけを考えて仕事に打ちこめばいい、と発想の転換を図った。

課長の一挙手一投足に眼を配り、彼がなにを求め、なにをしようとしているのかを考え抜き、その答えを迅速丁寧に出すように心がけた。机の整理の仕方から、電話の対応まで、盗めるものは盗もうとした。ランチでも飲み会でも、可能な限りついていき、隣の席を陣取った。矢崎は異常に酒が強く、終電間際なのに「もう一軒行こうか」とかならず言いだすタイプだった。まわりが全員酸っぱい顔をし、苦笑いとともに退散していっても、潮音だけはそそくさとあとについていった。

そうすることで少しずつ、本当にほんの少しずつだけれど、会社の仕組みと仕事のやり方がわかってきた。「課長の鞄持ち」だの「おべっか使い」だの「もしかして好きなんじゃないの？」などと揶揄《やゆ》されることもあったけれど、かまっていられなかった。

矢崎は約束通り、潮音の頑張りを見ていてくれた。

会社や社会人生活に慣れてきたと判断すると、雑用以外の仕事を与えてくれた。資料集めだ。たとえばペットフードのCMをつくるためには、プランニングに先だって、これまでつくられたペットフードのCMを集めたり、映画やドラマでペットフードが使われたシーンを抜粋するなど、膨大な映像資料を集めなければならない。

　地味で根気のいる作業だし、やればどこまでもできるので、みな敬遠してやりたがらない仕事である。

　だが、潮音は得意だった。毎晩残業し、家に帰っても寝ないで作業に没頭した。出した資料を課長に褒められたときには、涙が出そうになった。課長の推薦で、他の人からも同じ仕事を頼まれ、また頑張った。ただ映像資料を集めるだけではなく、斬新な発想が得やすいよう編集にもこだわるようになった。潮音はいつしか、みそっかすではなく、チームの一員として認められるようになっていた。

　そんな矢崎課長が結婚を決めたのは、潮音が入社して三年目の夏だった。

　課内の人間が集まった飲み会で大々的に発表された。

「俺もいよいよ年貢の納め時だよ」

　とニヤけて頭をかく矢崎の姿は微笑《ほほえ》ましく、場にいた全員がやんややんやの喝采をあげた。

　潮音はひとり、ひどく動揺していた。

　矢崎も三十五歳になっていたから、結婚はむしろ遅すぎるくらいだったし、恋人の存在も知っていた。たしか中学か高校の音楽教師で、もう四、五年の長きにわたる付き合いらしい。いつかふたりで飲んでいるとき、「そろそろ責任とってやらなくちゃなあ」などと遠い眼で言っていたこともある。

なのに、動揺してしまった。

もちろん、課長のことを異性として意識したことなどない。

深夜までふたりで飲んでいると、くだけた会話をすることもあるが、あくまで尊敬する上司にすぎない。

憧れの人でも男友達でもなく、言ってみれば恩人、先生、心の師匠……。

それでも驚くくらい動揺し、動揺がさらなる動揺を呼んだ。

やっかいな癖が疼きだしたらどうしよう、と不安に思わずにはいられなかった。

3

誘ってほしくないときに限って誘いがかかるのが、この世の常というものなのだろうか。

深夜十時、オフィスでのことだ。

「桜井、そろそろひと区切りつきそうか？」

残業していた潮音は、矢崎に声をかけられた。制作二課のデスクには、もう誰も残っていない。遠い営業部の島にちらほら人影が見えるくらいだ。

「下で一杯飲んでいかないか？　この時間だ、腹も減っただろう？」

「……はい。もう終わりにします」

潮音はマウスを操作し、作業中のパソコンデータを保存した。「下」というのは、オフィスビルを出たところにあるおでん屋のことだ。ビルやマンションばかり建ち並ぶこのあたりは、渋谷といっても繁華街からは遠く、飲食店はそのおでん屋がポツンと一軒あるだけだった。

声をかけられたとき、一瞬身を固くした潮音だったが、胸底で安堵《あんど》の溜息をもらした。あの店なら大丈夫だと思った。おかしなムードになりようのない賑《にぎ》やかな店だし、会社の人間も多数出入りしている。

ところが、一階のエレベーターを出ると、矢崎は予想とは逆方向に向かって歩きだした。

「あのう……」

潮音は訊ねた。

「おでん屋さんに行くんじゃないんですか？」

「ああ、今日はちょっと違う店にな。おでん、食べたかったか？」

「いえ、べつに……」

潮音は苦笑まじりに首を振るしかなかった。その店はおでんが特別おいしいわけではなく、むしろイマイチで、会社から近いということ以外にメリットがあまりない店だったからだ。

矢崎が入ったのはバーだった。

それも、洒落《しゃれ》た料理が味わえるレストランバーではなく、長いカウンターと静謐《せいひつ》な空間を誇るオーセンティックなバーでもなく、やけに暗い空間をカーテンで個室ふうに区切り、重低音の効いた音楽が流れている若者向けの店だった。要はラブラブムードのカップルが、お酒を飲みながらイチャイチャするためのところである。

潮音は初めて入った。

課長はもちろん、他の会社の人に連れてきてもらったこともない。

「好きなもの頼みなさい」

矢崎がメニューをひろげて潮音に見せた。ピザやパスタを中心に気の利いたメニューが並んでいたが、潮音はすっかり食欲を失っていた。心臓だけがドキドキしている。課長はなぜ、こんな店に自分を誘ったのだろう？　暗い中、狭苦しいベンチシートに並んで押しこまれるようなこんな店に？　ものすごく体の距離が近いではないか。

とりあえずビールで乾杯した。

「実はな、桜井……」

矢崎は照れくさそうに笑いながら切りだしてきた。

「ひとつ頼みがあるんだが、聞いてもらえるかな？　仕事の話じゃなくて、個人的な頼みなんだが……」

「……はい」

潮音はうなずいた。「個人的」という言葉に、心臓がキュッと縮む。

「俺、この秋に結婚式を挙げるだろう？」

「……ええ」

「俺の希望じゃないんだがね、彼女がどうしてもって言うんで、湘南にある海の見える結婚式場でやることになったんだが……」

潮音はその話を知っていた。もう何度も課内の飲み会で話題になっていたからだ。ついでに言えば、どんな結婚式場なのかインターネットで調べてみた。なんでも調べてみるのが潮音の癖なのだ。外国映画に出てくるような、素敵な結婚式場だった。

「桜井、結婚式って出たことあるか？」

「……あまり」

潮音は首を横に振った。仲間内の宴会じみた二次会には何度か呼ばれたことがあるが、きちんとした式と披露宴は、子供のころに参列したことしかない。

「披露宴の途中でさ、新郎新婦の馴《な》れ初《そ》めみたいなビデオを流すことがあるんだが……」

「それはわかります」

「そのビデオ、桜井につくってもらえないかって思ってね」

「……えっ？」

棒を呑みこんだような顔になった潮音を尻目に、矢崎はバッグからデジタルビデオカメラを取りだした。スイッチを入れ、小さな液晶画面に映像を再生させる。リゾート地らしき風景の中、矢崎と恋人が寄り添ってVサインをつくっていた。

「こういう場面を編集してさ、五分くらいのやつ。できるだろう？　おまえ、そういうの得意そうだし。素材はほら、他にもいっぱいあるから……」

バッグからデジタルビデオカメラのテープやディスクを出し、テーブルに積みあげていく。

なるほど、おでん屋ではなくこんな暗い半個室の店を選んだのは、映像を見るためだったらしい。

潮音は目頭が熱くなった。

課長がなぜ、結婚式のビデオ制作を自分に頼んできたのか、理由は明らかだったからだ。

結婚式に参列した会社関係者に「あのビデオは桜井がつくってくれたんですよ」と言ってくれるためだ。結婚式場に頼んだほうがよほど間違いない作品をつくれるだろうに、潮音に頼むことによって社内で売りだしてくれようとしているのである。

「チャンスを与えていただいて、ありがとうございます。頑張って素敵なビデオをつくります……」

潮音が感極まって声を震わせると、

「なに泣きそうになってんだよ」

課長は苦笑した。

「おまえに頼めば安上がりですむと思っただけだ」

「いえ、でも……」

潮音は感激しつつも、胸の高鳴りを抑えきれなかった。矢崎のことを、完全に異性として意識している胸の高鳴りだったので、ひどく焦《あせ》ってしどろもどろになってしまった。

まったくとんでもない話だ。

プライヴェートを利用してまで部下にチャンスを与えてくれようとしている矢崎は、真に尊敬すべき上司だった。その彼に男を感じていいわけがない。しかし、やっかいな癖はやはりどこまでもやっかいで、眼の下をピンク色に染め、ねっとりと瞳が濡れてしまう。顔が勝手に、色眼を使うときの女の表情になっていく。

「いちおう、こういう感じでつくってほしいっていうアイデアはあるからさ。ちょっとメモとってくれ。たとえばこの映像は仲間内で沖縄に行ったときのものだけど、ぜひ使ってほしい。景色も綺麗だし、二年前だから俺も彼女も多少は若いしさ……」

潮音はバッグから手帳を出した。課長はデジタルビデオカメラのテープを何度も入れ替えては、恋人とのエピソードを話してくれ、潮音はそれを機械的にメモしていたが、頭にほとんどなにも入ってこなかった。

カメラに付属した小さな液晶画面を一緒にのぞきこめば、自然と顔が近づいた。息がかかりそうな距離まで接近してしまう。ドキドキするなというほうが無理な相談だ。

おまけに、映像そのものが苛立ちを誘った。

課長の結婚相手である女が、かなりの美人だったからだ。

年は矢崎と同世代で、三十代半ばくらい。しかし、加齢をものともしないほど眼鼻立ちが整い、スタイルも抜群だった。教師でこの容姿はずるい。豪華な花嫁衣装などに身を包んだ日には、咲き誇る薔薇の花のように麗しくなることは間違いなかった。

自分でもつくづく性格が悪いと思うが、潮音は液晶画面の中で彼女が幸せそうに笑うたびに、胸底で悪態をついた。やっかいな癖が疼きだすのを感じた。ジェラシーが欲情に火をつけてメラメラと燃え狂わせ、いても立ってもいられなくなってくる。

〈ダメッ！　課長はわたしにとって恩人よ。これからも仕事を教えてもらわなきゃいけない大切な上司なのよ……）

道義上の問題だけではなく、誘惑などしてしまい、人間関係を壊してしまえば、会社に居場所がなくなってしまうかもしれないのである。

なのに、体が勝手に動いてしまう。

濡れた瞳でうっとりと眺め、矢崎が気づくと意味ありげに顔をそむける。唇が半開きになり、プリーツスカートの裾をひらひらさせながら何度も脚を組み替える。

「奥さんになる方、すごく綺麗ですよね」

長い溜息をつくようにささやくと、

「そうかな？」

課長は仕事中には見せたこともない、はにかんだ表情を見せた。

元ラガーマンの精悍な横顔が、息を呑むほどセクシーだった。

潮音は両脚の間が熱くなっていくのを感じた。

ショーツを汚しているかもしれなかった。

4

店を出ると午前零時を十分ほどまわっていた。

もう終電も間近だが、矢崎はそんなことを気にしない男だった。結婚が決まって少しは酒を控えめにするようになっていればいいという淡い期待も、あっさり裏切られた。

「もう一軒行くか。いまの店、えらい音がうるさかったから、ちょっと静かなところで飲み直そう」

課長は楽しげに体を揺すって夜道を歩きだした。いつも当然のように最後までお供する潮音がついてくるのを、疑ってもいない様子だった。

「すいませんっ！」

潮音が急に声を張りあげたので、課長は眼を丸くして振り返った。

「か、会社に忘れものをっ……け、携帯を忘れてきちゃいましたっ……アハハ、馬鹿ですね、大事な商売道具を。取りに戻りますのですいませんが今夜はここでっ！」

腰を九十度に折って頭をさげると、課長の反応も見ずに背中を向けて走りだした。走りながら、自分で自分を褒めてやった。よく我慢した。これでいい。ここから渋谷の駅に向かう途中には、大きなラブホテル街がある。そこでおかしなムードになったりしたら、取り返しのつかないことになってしまう。

会社まで五分とかからない距離だったが、走りつづけたので息があがった。エレベーターに乗りこむと一気に酔いがまわってきて、オフィスに辿りついたときは足元が覚束《おぼつか》なかった。幸い、オフィスには誰もいなかった。非常灯だけの薄闇の中、ソファにダイブした。頬にあたった革がひんやりして気持ちよかった。

しかし、それにしても……。

本当に危なかった。

今日ほど課長に男を感じたときはなく、顔が近づいたり膝がぶつかったりしただけで、身をよじりたくなるほどの欲情を覚えてしまった。ソファに倒れこんだまま、くんくんと鼻を鳴らした。自分の体が牝の匂いを放っている気がしたからだ。もちろん自分ではよくわからなかったが、それほど興奮していたということである。

（課長に抱かれたら、どうなってただろう……）

瞼の裏に、先ほどの店で見た横顔の残像がくっきりと留まっている。精悍なのにはにかんでいるところが、たまらなくセクシーだった。

女を裸にするとき、あの顔がどんなふうに変化するのだろう。考えただけでぞくぞくしてしまう。スーツの上からでも筋骨隆々なのがわかるくらいだから、きっとどこまでも男らしく女を抱くに違いない。きっと余裕綽々で女を乱れさせるタイプだ。あの分厚い胸板で乳房が潰れるほど強く抱きしめられ、律動を送りこまれて乱れに乱れている顔を、たぎった眼つきで見つめられるところを想像してみると、潮音は思わず自分で自分の体を抱きしめて、ソファの上で身悶えてしまった。

(……えっ?)

カツ、カツ……と廊下から足音が聞こえてきた。

見まわりの警備員だろうか?

それともまさか……。

「おーい、桜井」

課長の声だった。

足音が近づいてくる。

潮音は寝たふりをしてやりすごそうとした。馬鹿な作戦だった。オフィスで寝ていたら、起こされるに決まっている。

「なにやってるんだ。こんなところで寝るやつがあるか」

男らしい大きな手で肩をつかまれ、潮音の顔は燃えるように熱くなった。寸前まで浸っていた妄想が、現実になったような気がした。

「おい、起きろ。携帯はあったのか?」

矢崎が肩を激しく揺すってくる。潮音はパニックに陥った。眩暈《めまい》の向こうに、課長と抱きあう妄想シーンが浮かんでは消える。正常位で女を抱くときも、こんなふうに肩をつかんで体を揺さぶるのだろうか。

「放っておいてくださいっ！」

潮音は悲鳴にも似た声をあげ、亀のように体を丸めた。嗚咽《おえつ》がこみあげてきた。

「おいおい、どうしたんだよ……」

矢崎は弱りきった声をもらし、ソファの隣に腰をおろした。彼は彼で、突然泣きだした部下を見て、パニックに陥ったのかもしれない。いつもなら、泣けば突き放してくるのが課長だったが、こんなときに限って普段は見せないやさしさを見せた。

「なんかあったのか？」

ささやきながら、「えっ、えっ」と喉を鳴らしている潮音を起こし、肩を抱いた。ラグビーの試合中、同じ色のジャージを着た仲間を励ますような肩の抱き方だったけれど、潮音にとっては抱かれた事実だけが重要だった。体が密着してしまったことで、なにかが音を立てて崩れていった。

「どうした？　俺でよかったら相談に乗るぞ。なんでも言ってごらん」

「わたし……わたし……」

潮音は嗚咽まじりに言葉を継いだ。

「わたし……課長のことが好きだったんです……憧れてたんです……この会社に入ってから、ずっと……」

いったいなにを言っているのだろう、と思った。

課長のことなんて、好きでもなんでもない。潮音はただ欲情しているだけだった。抱かれてみたいだけだ。けれども、好きとか愛してるとかいうナイーブな感情より、体を突き動かす衝動的な欲情のほうがずっと切羽つまっていて抗《あらが》いきれず、思いつくまま口からでまかせを言ってしまう。

「もちろん、わたしなんかを相手にしてくれるわけないから、諦めてました……一緒に仕事ができるだけで充分だって……結婚するってお聞きしたときも、幸せになってほしいって心から思いました……でも……でもぉ……」

濡れた瞳を課長に向けた。完全にスイッチが入ってしまった。

「わたしどうしても……どうしても課長が好き……お願いします……一度だけ……一度だけでいいですから……わたしを……」

声を出さずに「だ・い・て」と唇を動かした。矢崎は狼狽《うろた》えていた。狼狽えきっていた。しかし、潮音の顔から眼が離せない。潮音もせつなげに眉根を寄せて見つめながら、右手を課長の太腿の上に置いた。じわじわと股間に近づけていった。

「お……い……」

矢崎は力なく声を震わせたが、身動きはとれなかった。潮音の指に包まれた部分は、硬く隆起していた。ズボン越しにも、ズキズキと熱い脈動が伝わってくる。

「……嬉しい」

潮音は嚙みしめるように言った。

「こんなに大きく……なってる……」

すりっ、すりっ、と指を動かすと、

「や、やめなさいっ……」

矢崎は絞りだすような声で言った。

「部下とこんな関係になったら……俺にも……立場ってもんが……」

歪んだ顔の上で、喜悦と苦悩が複雑に交錯していく。

セクシーな顔だった。

はにかんだ横顔より、いまはずっとセクシーだ。

「ああんっ、本当に硬いっ……」

潮音は妖艶な眼つきで矢崎の歪んだ顔を眺めながら、口許《もと》に笑みさえ浮かべてしまった。

上司と部下でも、股間をこれほど大きく硬く隆起させたら、ただの男と女である。ベルトをはずし、ズボンのファスナーをさげた。ブリーフをめくりさげると、勃起しきった男根が唸りをあげて反り返り、鬼の形相でそそり勃った。

「むむっ……」

潮音が根元に指をからめると、矢崎は息を呑んだ。非常灯だけの薄闇の中でもはっきりとわかるほど、歪んだ顔がみるみる真っ赤に上気していった。

「ここも……筋骨隆々なんですね……」

潮音は手筒を軽く動かしながら、ソファから腰をあげ、矢崎の足元にしゃがみこんだ。両脚の間で床に膝をつき、ねっとりしたいやらしい上目遣いで見つめた。

課長はもう、歪みきった顔で眼を見開くことしかできない。

潮音は唇をOの字に開いた。

ピンク色の舌を差しだし、根元をつかんだ手で男根の角度を調整する。

矢崎の顔を上目遣いで見つめたまま、先っぽを舐めた。

「むううっ……」

天を仰ぎ、ぎゅっと眼をつぶる、尊敬する上司。

喜悦のためか、戦慄のせいか、両脚をガクガクと震わせる、心の師匠。

「うんんっ……ぅんんっ……」

潮音は鼻息をはずませ、舌を躍らせた。薄闇の中でも雄々《おお》しい存在感を示している亀頭を舐めまわし、唾液で濡れ光らせていく。先端の鈴口から噴きこぼれた我慢汁が男くさい匂いを振りまき、ますます存在感が増していく。

「やめろっ……やめるんだっ……」

矢崎は滑稽なほど上ずった声をあげ、首を横に振っていたが、男根は刻一刻と硬くみなぎっていくばかりなので、説得力はゼロだった。噴きこぼれた大量の我慢汁が包皮に流れこみ、肉竿をしごくとニチャニチャと卑猥な音がたつほどだ。

「大丈夫ですから……わたし、面倒くさい女じゃないですから……今日ここであったことは……ぅんんっ……全部忘れるって約束します……」

言いながら、ねろり、ねろり、と亀頭を舐めまわす。潮音はフェラチオが好きだった。男が悶えている顔を見るのも好きだし、男根の形状そのものにも強く惹《ひ》かれる。形も色も味わいも、舐めれば舐めるほど好きになっていく。

男がいちばん敏感なのは、カリのくびれだ。なんていやらしい形をしているのだろうと思いながら舌を這わせれば、それに貫かれたときの衝撃が生々しく想像でき、ショーツの奥が熱く疼きだしてしまう。

舌を尖らせて鈴口をチロチロと刺激するのも得意だ。同時に根元をしごくことも忘れない。

手のひらを唾液でベトベトにしながら、裏筋をツツーッ、ツツーッ、と舐めあげていく。

「うっ……」

矢崎は首にくっきりと筋を浮かべ、なにかを言いかけてやめた。「うまい」と言いたかったことは、表情で伝わってきた。好きこそものの上手なれ、だ。潮音は得意になって亀頭から竿まで、全長すべてを唾液にまみれさせると、

「ぅんあっ……」

唇を割りひろげ亀頭を頬張った。まずはごく軽く咥《くわ》えて唇をスライドさせながら、口内に唾液を溜めていく。じゅるっ、じゅるるっ、と唾液ごと男根を吸いたてては、亀頭をねろねろと舐めまわす。そうしつつ、右手で根元をしごき、左手では玉袋をあやしている。おいでおいでをするようにふたつの睾丸を指で転がせば、興奮を誇示するようにふたつの玉が迫《せ》りあがっていく。

「むむむっ……」

矢崎が大きく息を呑み、

「うんぐっ……ぅんぐぐっ……」

潮音は頭を振るピッチをあげた。双頬をべっこりとへこませて、思いきり吸いたてた。口の中で男根が限界を超えて大きくなり、大量の我慢汁を吐きだす。

「おおおおっ……」

矢崎は喜悦の声をこらえきれなくなり、潮音の頭に手を伸ばしてきた。いい子いい子をするように撫でられた。課長は褒め上手で小さなことでもよく褒めてくれるが、このときほど切実に褒めてくれたことはない。

一方の潮音も、このときほど課長に褒めてもらって嬉しかったことはない。応えるように、唇と舌の動きがますます熱っぽくした。全身全霊で課長のイチモツを舐めまわし、吸いしゃぶっていく。

5

どうしてこうなってしまうのだろう？

一枚一枚服を奪っていかれながら、潮音は呆然としていた。

部下の情熱的な口腔奉仕で欲情を燃えあがらせた課長は、結婚目前であることも忘れたように、獣じみた眼つきで潮音にむしゃぶりついてきた。誰もいないとはいえ、神聖なる職場で潮音を下着姿にすると、白いレースのブラの上から乳房を揉みしだいた。野獣のように荒々しいやり方で、ブラごとふくらみを揉みくちゃにした。

「ああっ、課長っ……課長ぉっ……」

潮音は身をよじらせ、いささか演技過剰にあえいでしまう。

罪悪感がないわけではなかった。

いま自分たちが行なっていることは、道徳を踏みはずしたことばかりで、人に知られれば眉をひそめられ、罵倒されるに違いない。

なのに興奮してしまう。

だから興奮してしまう、なのかもしれないけれど、とにかく悪いと思っているのに、やめることができない。どうせなら、とことん破廉恥《はれんち》に、恥も外聞も打ち棄《す》てた獣の牝となり、よけいなことを考えられなくなるまで、肉欲に燃え狂ってしまいたい。

「むううっ……」

矢崎が鼻息荒くブラジャーのホックをはずし、ふくらみをカップからこぼした。それほどサイズは大きくないが、ツンと上を向いた自慢の乳房を鷲づかみにした。日焼けした手の甲と白い乳房のコントラストが、薄闇の中でも鮮烈だった。

「あああっ！」

肉の隆起がひしゃげるほどの力で揉みしだかれ、潮音はソファの上でのけぞった。年上の余裕を見せ、ねちっこい愛撫を披露する余裕もなくすほど興奮しているようだった。

それでよかった。まだ触られてもいない乳首が、みるみる物欲しげに尖《とが》っていく。矢崎の口に含まれ、生温かい舌で舐め転がされると、元より赤みの強い乳首が薄闇の中でルビーのように輝いた。

「ねえ、課長もっ……課長も脱いでくださいっ……」

潮音は乳首の刺激に悶えながら、矢崎のネクタイをといた。矢崎はズボンとブリーフをおろしていたけれど、スーツは着たままだった。潮音にうながされてジャケットを脱ぎ、ズボンとブリーフを脚から抜いていく。

「これもっ……全部っ……」

ワイシャツをつかんで甘い声でねだると、矢崎は一瞬、神妙な顔であたりの様子をうかがった。誰もいなくとも、そこは普段仕事に勤《いそ》しんでいるオフィス。躊躇うのも当然だったが、興奮がそれを凌駕したのだろう。結局、すべてを脱いで生まれたままの姿になった。

「嬉しいっ……わたしもっ……わたしも脱がせてっ……」

催促するまでもなく、全裸になった矢崎は潮音の下肢からストッキングを脱がしにかかっていた。極薄のナイロンをくるくると丸めて爪先から抜き、続いてショーツに両手をかける。薄闇の中ギラギラと眼をたぎらせて、部下の秘所を隠している最後の一枚を奪っていく。

「ああっ……ううううっ……」

めくりおろされた白いショーツから、黒い草むらが現れる。興奮のせいで繊毛が逆立っているのが恥ずかしい。矢崎はショーツを爪先から抜くと、躊躇うことなく両脚をM字に開いてきた。

「あああっ……」

女の花を剝きだしにされ、潮音はあえいだ。熱く疼いている部分に新鮮な空気を感じ、背筋にぞくぞくと震えが這いあがっていく。股間に注ぎこまれる熱い視線が、全身から生汗をどっと噴きださせる。

課長がふうふう言いながらM字開脚の中心に顔を近づけてきた。

荒ぶる鼻息が興奮に逆立った繊毛をそよがせる。

(ああっ、匂いをっ……匂いを嗅がれてるっ……)

女にとって、その匂いを嗅がれることより恥ずかしいことはない。しかも、ここはオフィスで、相手は尊敬する上司だ。獣のフェロモンをいちばん知られてはいけない人だ。

「むううっ……」

しかし矢崎は、匂いを嗅ぐほどに視線をたぎらせ、恥辱に歪んだ潮音の顔をチラリと見ては、さらに嗅ぐ。やめて嗅がないで、と胸底で泣き叫びながらも、潮音は濡らしてしまう。まだぴったりと閉じあわされているはずの、アーモンドピンクの花びらの隙間から、熱い蜜を漏らして獣の匂いをさらに振りまく。

矢崎が舌を伸ばしてくる。

漏らした蜜を拭うように、女の割れ目を下から上に舐めたてる。

「あぅううっ！」

生温かい舌の感触が蜜壺の奥まで染みこんできて、潮音はいやらしい声をあげた。ねろり、ねろり、と舌が這いまわる。花びらをめくり、その奥まで。ぴちぴちした粘膜の舌触りを、味わうように舐めまわされる。

「あああっ……はぁあああっ……」

潮音は身震いがとまらなくなった。矢崎の舌はよく動き、牡の欲情を生々しく伝えてきた。見た目からは意外なほど、ねちっこくていやらしい舌使いだった。潮音はあっという間に翻弄され、ひいひいと喉を絞ってよがり泣いた。あとからあとからとめどもなくあふれる蜜が舌ではじかれ、猫がミルクを舐めるようなぴちゃぴちゃという音がたつ。

（ああっ、上手っ……なんてうまい舌使いなのっ……）

潮音は羞じらうことも忘れて乱れていった。

考えてみれば、三十五歳の課長は、いままで体を重ねた相手のなかでも最年長だから、そのぶん性技も練達なのだ。蜜壺の奥の奥まで淫らな粘液でヌルヌルになり、下腹全体が熱い脈動を刻みはじめるまで時間はかからなかった。

早く入れてほしかった。

卑猥に動く舌先で花びらをなぞられたり、クリトリスを転がされていると、このままイッてしまいそうだ。どうせなら一緒にイキたかった。野太くみなぎった課長のものを感じながら達するオルガスムスはきっと、失神するほど甘美に違いない。

「すごい燃え方だな、桜井……」

口のまわりをベトベトに濡らした矢崎は、息をはずませながらささやいた。

「おまえがこんなにいやらしい女だったなんて、夢にも思わなかったよ……」

「ううっ……」

矢崎にじっと見つめられ、潮音は顔をそむけた。誹《そし》りを受けてもしかたがないほど、濡らしていた。白濁した本気汁さえ大量に漏らしていそうで、そのうえ粘膜がひくひくと物欲しげに痙攣しているのが自分でもわかるほどだった。

「早くっ……早く、くださいっ……」

ひきつった横顔で、たまらず言ってしまう。

「わたしいつも仕事中に……課長としちゃうことを考えてました……そんなこと考えちゃいけないのに……このオフィスでされちゃうことまで、何度も……ああっ、だからっ……だから早くっ……」

上司に恋する部下を演じ、身悶えしながら言った。とにかく、早く入れてほしい一心だった。そうすれば、なにも考えなくてすむ。恥辱や罪悪感から自由になり、すべての思考をオルガスムスのためだけに捧げられる。

「スケベなやつだ……」

矢崎はニヤリと笑った。苦笑と淫靡な笑みが入り混じった、脂ぎった笑顔を見せた。

「オフィスでどんなふうにされることを考えたんだ？」

「それは……それは……課長のデスクに両手をついて、後ろからとか……」

「ククク、じゃああとでそれをしよう」

矢崎は潮音の股間から顔を離し、上体を起こした。

「でも、その前に俺の夢も叶えてくれよ。俺みたいな朴念仁だって、スケベな妄想にかられることくらいあるさ。オフィスでこうやって全裸になり、全裸の女と組んずほぐれつしてみたかったんだ……」

言いながら、矢崎は思ってもみない行動に出た。上下逆さまで潮音の顔をまたいできたのだ。潮音はびっくりした。シックスナインの経験くらいはあるけれど、普通は女が上になってまたがるか、お互い横向きでするのではないだろうか？

しかし、躊躇っている暇はなく、鼻先に勃起しきったイチモツが差しだされた。と同時に、股間にも再び刺激が襲いかかってくる。矢崎は花びらをひっぱって割れ目を左右に大きく開くと、尖らせた舌をヌプヌプと出し入れしてきた。

「あぁううぅっ……」

潮音はたまらず身をよじり、眼の前の男根をつかんだ。ズキズキと熱い脈動を刻んでいるものを、ずっぽりと口唇に咥えこんで、舐めしゃぶりはじめた。

6

初めて体験する男性上位のシックスナインは強烈だった。

それはただの双方向愛撫ではなく、男が責めるためのシックスナインだった。

矢崎は完全に吹っきれてしまったらしい。

十歳年下の部下の口に、勃起しきった男根を咥えさせると、腰を使ってきた。まるで結合したときのようにずぼずぼと出し入れされ、潮音は一瞬、眼の前が真っ暗になり、呼吸ができなくなった。

それだけではない。矢崎は腰を使うと同時に、潮音の股間をとびきり淫らに責めてきた。

舌先でクリトリスを転がしながら、蜜壺に指を埋めこむと、中で指を鉤《かぎ》状に折り曲げて、Gスポットをぐりぐりと押しあげてきた。

「ぅんぐっ……ぅんぐぐっ……」

ただでさえ長大なもので口を塞《ふさ》がれている潮音は、鼻奥で悶えに悶えた。恥丘を挟んで裏表から女の急所を刺激され、股間が熱く燃えあがった。

それでも矢崎は容赦なく、蜜壺を指でえぐっては、クリトリスを舐めたり吸ったりする。腰を使って、閉じることのできなくなった口唇にピストン運動を送りこんでくる。あまりの息苦しさに、潮音の眼尻には熱い涙が滲んでいた。

(た、助けてっ……)

全身から、生汗がどっと噴きだしてくる。酸欠状態で痛切な快美感に翻弄され、何度も意識を失いそうになった。課長が鉤状に折り曲げた指を蜜壺から激しく出し入れすると、じゅぽじゅぽと汁気の多い音がたった。あふれた蜜が内腿を濡らし、アヌスにまで垂れ流れていくのがわかる。会社のソファを汚してしまう恐れがあったけれど、そんなことに気遣えないほどの悶絶状態に、潮音は追いこまれていた。

「ぅんぐっ……ぅんぐぐっ……」

潮音にできることは、ただ口唇をうぐうぐと動かし、男根を舐めしゃぶることだけだった。

抜き差しされる肉竿を、唇の裏側で必死になってしごきあげた。さすがに矢崎も感じるらしく、よじる体が汗ばんでくる。無機質なオフィス空間の中で、淫らな汗をかいた素肌がヌルヌルと妖しくこすれあった。

「たまらないよ……」

矢崎が熱っぽい吐息を女の割れ目に吹きかけてくる。

「一度でいいから、こんなふうに汗みどろで燃えてみたかったんだ……ここで……いつも働いているこのオフィスで……」

潮音の上からおり、ソファの上からもおりた。潮音の腕を取ると、裸足のままデスクの方に向かった。

潮音は急に全裸でいることが心細くなった。ソファのあるコーナーは広いオフィス空間のいちばん奥にあり、パーテーションも立てられているから、多少なりとも物陰に隠れている安心感があったのだ。

しかし、デスクまで来ると、そこは完全に日常的空間で、非常灯だけが灯った薄闇の中とはいえ、全裸で淫らな汗をかいていることが、たとえようもなく異常な行動に思われた。

「桜井はここでしたかったんだよな？」

矢崎は自分のデスクに潮音の両手をつかせると、後ろにまわってきた。腰を押され、ヒップを突きだす格好にうながされた。

「いくぞ……」

猛り勃った男根をずぶりと埋めこまれ、

「んんんんーっ！」

潮音はふたつの胸のふくらみを突きだすようにして、上体を反らせた。欲しくて欲しくてたまらなかったものが、ようやく入ってきてくれたのだ。指先でGスポットを執拗に刺激された蜜壺は熱く爛《ただ》れ、硬く勃起したものがずぶずぶと入ってくると、飛びあがりたくなるほど痛切な快感が訪れた。普段より遥かに敏感になっていて、肉と肉との摩擦感が体の芯まで染みこんでくるようだった。

ずんっと最奥を突きあげられると、

「はぁあおおおおおおーっ！」

獣じみた悲鳴を広いオフィス中に響かせてしまった。

「はしたないぞ、桜井……」

矢崎がゆっくりと腰をまわす。ぐりん、ぐりん、とグラインドさせて、濡れた肉ひだを攪《かく》拌《はん》する。

「いくら誰もいないからって、ここは神聖な職場だぞ。もっと控えめにあえがんか」

「くぅうっ……うううっ……」

潮音は歯を食いしばり、必死に声をこらえようとしたが、耐えがたい勢いで身の底から喜悦の悲鳴がこみあげてくる。

それに矢崎にしても、言葉とは裏腹に潮音にはしたない悲鳴をあげさせたいようだった。腰のグラインドは、すぐに抜き差しのストロークへチェンジされた。野太くみなぎった男根が深々と入ってきては、素早く抜かれる。パンパンッ、パンパンッ、と乾いた音をたててヒップの肉がはじかれる。

「いいっ！　いいです、課長っ！　とってもいいぃいいいいっ……」

潮音は髪を振り乱して首を振った。さすが筋骨隆々を誇る矢崎だけに、一打一打に渾身の力がこもっている。突きあげられるたびに、頭のてっぺんまで快美感がビリビリと届いた。つかむところを探して手を動かしたが、課長のデスクは課内でもっとも整理整頓が行き届いているので、つるつるした表面を指で掻き毟《むし》ることしかできない。

「ああっ、ダメッ……イッちゃいそうっ……すぐイッちゃいそうですっ……」

息つく間もない連打を浴びて、潮音はわけもなく追いこまれた。挿入されてから、まだ一分と経《た》っていない。これほどの早さで絶頂させられたことはかつてなく、怖いくらいに全身が敏感になっている。

だが、矢崎は、

「ダメだぞ、まだイッたりしたら……」

連打を意地悪く中断し、腰を粘っこくグラインドさせた。

「次はあっちだ。町村のデスクに行こう……」

「えっ？　ええっ……」

慌てる潮音の腰をつかみ、結合したまま三つ隣のデスクに移動していく。

「ああっ……あああっ……」

矢崎に後ろから貫かれたまま歩くと、ピストン運動では当たらない膣の内壁に男根がこすれ、額にじっとり脂汗が滲んだ。しかし、矢崎はかまわず、町村美代子のデスクに潮音の両手をつかせた。

「町村のやつ、おまえにはいささかキツいみたいだが、心根はやさしいやつなんだ。わかってやれよ……」

「はっ、はぁおおおおおーっ！」

再び連打を開始され、潮音はのけぞって悲鳴をあげた。

町村美代子は課内のいわゆる「お局様《つぼね》」だ。三十三歳、独身。潮音は新入社員時代、ずいぶんと泣かされた。電話の応対がなってない、名刺交換のマナーが違うと、いちいち給湯室に呼びだされてはネチネチと説教をされた。

それはしかたがない。仕事のやり方をなにもわかっていなかったのだから、当然の指導と言っていい。

しかし、美代子はいまだに、なにかというと潮音を目の敵《かたき》にしてくる。潮音より下の後輩もいるのに、意味がわからなかった。美代子は女らしさを捨てて仕事に邁進《まいしん》しているタイプなので、実は課長のことが好きなのだ、と気がつくまで時間がかかった。だから、恥も外聞もなく課長のあとについて教えを乞い、課長にも眼をかけてもらっている潮音が憎くてしょうがないのだ。

「ああっ、課長っ……課長っ……」

潮音は後ろから突きあげられながら、振り返った。せつなげに眉根を寄せつつ、濡れた瞳で矢崎を見た。

「町村さんにもっ……彼女にも、こんなことしてあげてるんですか？」

「馬鹿言え」

矢崎は鬼の形相で吐き捨てた。

「するわけないだろ……俺にはステディがいるんだ……」

「じゃあ、わたしだけ？　わたしだけ特別扱い？」

「ああ、そうだ」

「わたしのことが好きだから？」

会話の流れ上、よけいなことまで言ってしまったが、

「……ああ」

矢崎は顔をそむけつつも、しっかりとうなずいたので、潮音は逆に驚いてしまった。

「入社してきたときから……可愛い子だなって気になってたよ……」

「ほ、本当ですか？」

潮音は全身が熱く燃えあがっていくのを感じた。課長のことなど好きではなかったはずなのに、歓喜を示すように濡れた肉ひだが男根をきつく食い締める。結合部からしとどに蜜があふれてしまう。

「本当さ……」

矢崎はうなずきつつも、ひどく照れくさい様子だった。照れを隠すように、腰使いに力をこめた。怒濤の勢いで連打を打ちこまれ、

「はっ、はぁうううううーっ！」

潮音は振り返っていられなくなった。ずちゅっ、ぐちゅっ、ぐちゅっ、ずちゅっ、と汁を飛ばして突かれると、左右の太腿がしたたかにひきつり、ぶるぶると震えだした。今度こそ

イッてしまいそうだった。イカせてほしかった。

だが、そのとき……。

カツ、カツカツ……と足音が近づいてくるのが聞こえた。ハッとして廊下側の壁に眼をやると、壁上部についた窓から懐中電灯に照らされた天井が見えた。

「誰かおりますかー？」

ビルを巡回している警備員だった。彼がオフィスのドアを開けるより早く、矢崎と潮音は結合をといてデスクの陰に身を隠していた。一秒でも遅かったら、危なかった。頭の上を、サーチライトさながらに懐中電灯の光が過ぎていく。

「おかしいなあ……声が聞こえた気がしたんだが……」

警備員が独りごちる声が静寂なオフィスに響き、潮音と課長は身を寄せあった。お互いの体にしがみつくと、自然と唇が重なった。鼻息をはずませないように注意しながら、ネチャネチャと舌をからめあった。

お互い、正気を失うほど興奮していたのだ。潮音が女の蜜で濡れた男根をしごくと、矢崎は胸のふくらみを揉んできた。警備員はまだ去らない。にもかかわらず矢崎は、潮音の体をリノリウムの床に倒し、今度は正常位で繋がってきた。

「……っ！」

声をこらえきれたのが奇跡に思えた。しかし、ずぶずぶと入り直してきた男根が与えてくれた快美感は、もっとミラクルだった。挿入されただけで、頭の中が真っ白になってわけがわからなくなった。

矢崎も同様の状態だったのだろう。いきなり動いてきた。潮音が悲鳴をあげないよう深い口づけをしながら、それでも切迫した動きで男根を抜き差ししはじめた。

(ダメッ……ダメです、課長っ……)

潮音が恐怖に眼を見開き、小刻みに首を振っても、矢崎は口を吸いながら、野獣のような眼で見つめ返してくるばかり。音をたてないようにはしていたが、潮音の体の中では性器と性器がこすれあう生々しい肉ずれ音がこだましている。こだましながら、体内に愉悦を溜めこんでいく。溜まりに溜まったものがなにかの拍子に爆発すれば、潮音には悲鳴をこらえきる自信がなかった。

「おかしいなぁ、空耳か……」

ようやくのことで警備員はドアを閉めてくれたが、まだ油断はできない。声をあげてしまえば、彼は戻ってくる。今度はオフィスを隅々までまわって、深夜のオフィスに響いた獣じみた悲鳴が空耳ではなかったことを確かめるに違いない。

「たまらないよ……」

矢崎が耳元で声を絞った。

「こんなに興奮したセックス……初めてかもしれん……」

「ううっ……」

潮音は恐怖に眼を見開いたまま、コクコクと顎《あご》を引いた。

たしかに初めてだった。結婚を決めたばかりの男と関係をもったことは何度もあるし、どの男とも喜悦の際をのぞき見たけれど、今回とはレベルが全然違う。こんなふうに、体が爆発してしまうかもしれないような興奮状態を味わったのは生まれて初めてで、いままで想像すらしたことがなかった。

「素晴らしい……素晴らしいよ……」

矢崎は低く唸りながら、むさぼるように腰を使ってくる。体が浮きあがるほどの勢いなので、潮音は肉と肉とがぶつかる音がたつのを恐れて、両脚を矢崎の腰に巻きつけた。結合がさらに深まり、涙が出るほど快感が濃密になった。

もう大丈夫だろうか？

警備員はエレベーターに乗りこんだだろうか？　一階の警備員室に入り、椅子に腰を落ち着けて、テレビのスイッチを入れただろうか？

「ダメだっ……出るっ……もう出そうだっ……」

矢崎が切羽つまった声を耳元でもらす。律動がにわかに切迫し、潮音は矢崎にしがみついた。厚い胸板が逞しかった。けれどもそれ以上に、射精に向かいはじめた男根が逞しくみなぎりを増し、濡れた肉ひだを奥の奥まで刺激してくる。硬さと太さが尋常ではなくなり、女の割れ目がひろげられていく。

いや……。

潮音のほうも締まっているのだ。迫りくる恍惚が男根をしたたかに食い締め、奥へ奥へと引きずりこんでいる。でなければ、この密着感は考えられない。一体感が説明できない。まるで男根と女膣が一対の生き物になり、別々の人格をもつふたりの人間を繋ぎあわせてしまったようだ。

「おおおっ……出すぞっ……出すぞっ……おおおうううう－っ！」

矢崎が雄叫《おたけ》びをあげて最後の楔を打ちこんできた。限界を超えて膨張した男根が暴れだし、煮えたぎる欲望のエキスを吐きだす。ドクンッ、ドクンッ、と吐きだす衝撃が、潮音が恍惚にゆき果てるひきがねとなる。

「はっ、はぁあうううううう－っ！」

もう声をこらえきれなかった。

「イクイクイクッ……わたしもイッちゃううっ……くぅううっ……ダメえぇっ……もうダメ

ええええっ……はぁあああああああーっ！」

潮音は矢崎の逞しい腕の中でのけぞり、釣りあげられたばかりの魚のように全身を跳ねさせた。みずから股間を押しつけ、咥えこまされた男根を食い締めると、腰がガクガクと震えだしてとまらなくなった。五体の肉という肉が淫らがましく痙攣し、体の芯が焼ききれるような衝撃に、やがて意識を失ってしまった。

7

誤算だった。

いままで体を重ねた男友達は、一度寝てしまえばそれで終わりだった。彼が他の女と結婚を決めたという一点に潮音は欲情し、一度抱かれれば欲情は解消されたからである。だから、トラブルに発展するのは、相手が潮音に執着してきた場合に限り、潮音が冷ややかな態度で相手の神経を逆撫でることがあっても、自分から積極的に関係を続けようとしたことなど一度もなかった。

しかし、相手が直属の上司となれば、話はそう簡単にいかなかった。

なにしろ毎日会社で顔を合わせる。

前夜に恍惚を分かちあった場所で、数時間後には「おはようございます」と元気に挨拶しなければならなかった。素知らぬ顔をしつつも、潮音の体は激しく疼いた。まだ体の隅々に昨夜味わったばかりの快感が生々しく残っていた。

とくにショーツの中はそうだった。

課長の顔を見ただけで濡れた。

デスクを見れば、そこに両手をついて後ろから突きまくられた記憶が蘇《よみがえ》り、びしょ濡れになってしまった。昼休みにショーツの替えを買いに走らなければならなかったほどだ。

課長も同じだったらしい。

その日の帰り、ホテルに誘われてあらためて体を重ねた。

前夜を凌ぐ恍惚の海にふたりで溺《おぼ》れた。

そこから先はおきまりのコースだった。

示し合わせては残業し、お互いの体をむさぼりあった。ホテルに行くこともあれば、誰もいないオフィスや会議室で下着を脱いでしまうこともよくあった。夜に予定が入り、今夜は会えないという状況になると、昼間からそわそわした。昼休みに屋上で盛ったこともあるし、隣のビルのトイレにこっそり入って性器を繋ぎあわせたことまである。

おそらく、体の相性が異常によかったのだろう。

潮音がいくら二十五歳の小娘でも、「入社してきたときから、可愛い子だなって気になってたよ……」などという矢崎の言葉を頭ごなしに信用したりはしなかった。潮音にしても、抱かれながら「好き」とささやいたことが何度もあったけれど、それが本心かどうか自分でもよくわからなかった。お互いに、好きとか愛してるという感情を超えて、ただ肉欲に溺れていただけだ。

身も蓋《ふた》もない言い方だが、それが真相に違いなかった。お互いがお互いの体に飽きれば、自然消滅するはずの関係。それまでの男友達は一回寝ただけで欲情が鎮静化されたが、課長の場合は百回くらいは燃え狂える、という数の大小の問題だった。いずれにしろ、時期がくれば終わるはずの火遊びである、と潮音は考えていた。

しかし、そんなふうにクールに割りきれない人もいた。

言うまでもなく、課長の婚約者である。

毎日のように潮音と激しいセックスをしていたせいで、平素の言動がおかしくなっていたのだろう。矢崎の異変に疑問を抱いた婚約者は、調査会社を雇って彼の身辺を洗った。調査結果はもちろん真っ黒だった。

彼女は仲人を引き受ける約束をしていた会社の役員に泣きついた。

最悪だった。

結果、潮音は会社にいられなくなり、覚えかけていた仕事を失った。

矢崎はいったん婚約者に詫びを入れたものの、調査会社を使ったことを根にもっていて、結局は婚約を破棄。婚約者は結婚相手を失った。

そのせいで矢崎は役員との関係をこじれさせ、結局は辞表を出すこととなった。矢崎は愛着のあった仕事を失い、会社は優秀なマネージメントリーダーを失った。

まったく、失ってばかりだ。

矢崎の婚約者が事を大きくしたばかりに、誰も得をしない結果になった。

騒動からふた月以上が経ったいまも、潮音の元にはいまだに課長の婚約者から電話がかかってくる。

潮音は絶対に出ないし、留守番電話も再生せずに消去していた。自分が悪いことは重々承知しているけれど、「泥棒猫」だの「淫乱」だの「人間のクズ」などといまどき安手のドラマでも聞かないような言葉で罵倒されるのは、もううんざりだった。こちらも就職難を乗り越えて得た仕事と心の師匠である上司を失ったのだから、それでいいではないか。

それにしても本当に不思議である。

結婚を決めたばかりの男は、どうしてあれほどセクシーで魅力に満ちているのだろう。

愛を誓いあった恋人とするより、ずっと気持ちのいいセックスができるのだろう。

第三話　捧げる女

1

銀座の高級クラブに来たのは初めてだった。

あまり女性が足を踏み入れる場所ではないから、縁がなくて当然だろう。ゴージャスな内装も、高い酒も、美しく着飾った女たちも、権力をもつ男をもてなすために存在する。

高樹由起子は、上司の内野謙作とともにその店で接待をしていた。

相手は北関東にある総合病院の副院長、蛯川倫太郎。

薬剤メーカーに務める由起子と内野にとって、正念場となる大切な接待だった。蛯川が首を縦に振るか振らないかに自分の将来がかかっている、と判断した内野は、自腹を切って蛯川を銀座のクラブに招待した。

「しかし、高樹さんも見劣りしないね。これだけの美女に囲まれても」

蜷川はすっかり脂下がった態度で、ドレス姿のホステスと由起子を見比べた。

「そんな、ご冗談を」

由起子は口許に手をあてた。笑おうと思ったが、頬がひきつってうまく笑えなかったからだ。由起子は愛想笑いが苦手だった。というより、全体的に表情の変化に乏しい。小学校のとき、無神経な男子に「鉄仮面」という渾名をつけられて腹をたてたが、三十歳になったいまは、うまいことを言ったものだと思う。

「ホントですよぅ、高樹さん、すごい美人ですぅ」

若いホステスが、はしゃいだ声をあげた。

「ちょっとメガネを取ってもらえませんか。素顔はもっと美人なんじゃないですかぁ？」

由起子は涼しい顔で無視した。ホステスなら、自分ではなく座の主役である蜷川にお世辞のひとつでも言ったらどうだ、と思った。だいたい、由起子は人前では絶対メガネをはずさない。ある意味、下着を脱ぐより恥ずかしい。

（大丈夫かしら？）

席の隅で背中を丸めている内野を見た。小太りなだけに、畏縮した姿勢がひどく痛々しい。そのうえ、顔色は腹でも下しているかのように青ざめている。蜷川が高級ブランデーのボトルを入れたので、支払い額を勘定してそんな顔になっているのだろう。そこまでして契約がとれなかったときのことを考えれば、胃に穴が空きそうなのもうなずける。

（ねえ、元気出して、内野さん。せっかく高級クラブに来たんだから、もっと盛りあげなくちゃ意味ないじゃない！　契約とれるかどうかの瀬戸際なんだから……）

由起子はメガネをかけた無表情の下で、焦れったさに身悶えした。

内野は四十五歳で課長代理だ。

社内には三十代半ばで課長の椅子に座っている者もいるから、出世レースには完全に乗り遅れている。実際、仕事もできない。営業成績は悪いし、リーダーシップがあるとも言えず、取引先の担当者と人間関係を築くのもうまくなかった。

この接待にしても、内野だけでは不安に思った部長が、お目付役に由起子を同席させたのだった。ひとまわり以上年下の女がお目付役、というだけで、彼がどれほど会社に信用されていないかわかるというものだろう。

だいたい、いまどき高級クラブで接待ということからしてセンスがない。

このご時世、どこも不景気であえいでいるし、経費節減は金科玉条だ。高級クラブで肌を露出した女をはべらせるようなやり方でなくても、きちんと誠意を示し、契約をとりつけることができなくては、営業マンとして生き残っていけないと思う。

「高樹さんは独身なの？」

蜷川が訊ねてくる。

「はい」

由起子はうなずいた。

「恋人くらいはいるだろう？」

「いいえ」

「ほーう、うちの病院には独身男がたくさんいる。仕事熱心な連中ばかりなんで、デートする暇もないらしい。よかったら紹介するよ。薬剤メーカーに勤めてるなら、医者の仕事に理解もあるだろう。どういう男がタイプかね？」

「いえ……」

由起子はきっぱりと首を横に振った。

「わたくしは仕事が恋人ですから」

蜷川が鼻白んだ顔になる。隣の若いホステスと眼を見合わせ、やれやれと深い溜息をつく。なんてつまらない女なんだろう、酒の席なんだからもっと気が利いた受け答えをしろよ、と言わんばかりだ。

（本当のことを言っただけなのにな……）

由起子は胸底でつぶやいた。

思えば、もうずっと以前から、「仕事が恋人」と思っている。ほとんど信念と言ってもいい。就職もしていない学生時代から、そういう生き方を目指してきたし、これからもそうだ。自分の食い扶持《ぶち》くらいは自分で働いてなんとかする。結婚も恋人も必要ない。

ただ……。

だからと言って恋もしないのかと訊ねられれば、答えはＮＯだ。

由起子はいま、胸を焦がすせつない片思いの真っ最中だった。「鉄仮面」と渾名される無表情の下で、けれども恋心だけは日々絶えることなく熱く燃え盛っている。

相手は他ならぬ内野だった。

内野には妻子があるので、どうこうしようというつもりはなく、完全な片思いだけれど、片思いだって恋には違いない。恋をしている充実感がたしかにあるし、時に心を乱されながらも、生きるエネルギーになっている。

仕事もできず、人望もない、小太りの四十五歳を相手に、そんなことを言うのはおかしいだろうか？

だが、内野は愛妻家で子煩悩だった。それはもう、異常なほどで、会社のデスクに妻子の写真を鈴なりに飾っているくらいだ。社内では誰もが眉をひそめているし、隣の席に座っている由起子も最初はそうだった。

デスクに飾るだけでは飽きたらず、内野はなにかというと携帯で撮影した家族の写真を見せてくる。鬱陶《うっとう》しかった。仕事中にもかかわらずつまらないことで妻と電話をしているし、仕事の成果もあげていないのになるべく残業をしないで帰ろうとするし、どうしようもないダメ社員だと思った。

しかし、苛立ちはやがて微笑ましさに変わっていった。

毎日のように写真を見せられるので、次第に彼の息子や娘に対して愛着がわいてきた。成長が楽しみになり、いまでは見せられない日が淋しいくらいだ。

たしかに内野は仕事ができない。

だが、彼のような夫や父親をもっている家族はきっと幸せだろう。

仕事より家族が優先なのだから、幸せに決まっている。

愛妻家で子煩悩を嫌う、嫁や子供がいるわけがない。

そんなふうに思ったのは、由起子が母子家庭で育ったせいだろう。

幼い日、母の帰りを待っていつもひとりで家にいた。淋しかった。友達にはいる「お父さん」の存在が羨ましくてならなかった。けれども母は「男に頼ってもロクなことにはならない。ひとりでも生きていけるようにいまから勉強を頑張りなさい」と、お父さんではなく、鬼のように怖い家庭教師をあてがってきた。

幼い日に時間が巻き戻ってくれるなら、内野のようなお父さんが欲しい。

将来もし現在の信念を捨てて結婚するようなことがあるなら、内野のような男としたい。

だが、このまま仕事の成果をあげられなければ、内野は窓際に追いやられそうだった。下手をすればリストラの憂き目に遭うかもしれない。

わたしが彼を守ろう、と僭越ながら由起子は決めた。

内野をフォローし、彼と彼の家族を守るのだ。

自分のキャリアだけを考えれば、内野は仕事のできないままのほうがいい。彼から課長代理の席を奪い、現在空席である営業四課長まで昇りつめるのはさして難しいこととも思えない。

実際、今夜の接待に同席するよう命じてきた部長も、暗にそのことをほのめかしてきた。内野はどうせダメだろうから、キミが話をまとめて手柄はきっちり自分のものにしろ、と言外に伝えてきた。

しかし、そういうわけにはいかなかった。

これは内野が営業マン生命を賭けて臨んでいる案件であり、彼が手柄をあげるべき仕事だった。そのために、自分はできる努力を最大限にする。由起子は自分の担当する仕事以上に腹を括《くく》って、この接待に臨んでいた。

2

店を出た。

深夜十二時とはいえ、銀座の街は賑わっていた。高級クラブから次の店に流れるホステスと客、キャバクラの客引き、酒と香水の匂いで夜闇がむせかえりそうだ。

由起子と内野は、遠方に住む蜷川のために手配してあった近くのホテルまで彼を送った。

接待がうまくいったのかどうか、蜷川の顔色からは判断できない。ということは、あまり色よい返事は期待するなということだ。

さすがの内野も、その空気は察したらしい。

「どうか我が社をよろしくお願いいたしますっ！」

ホテルの前の路上で突然土下座した。

「私、蜷川様との案件にサラリーマン人生を賭けております。どうぞ……どうぞお汲みとりいただき、お引き立ていただきますよう、よろしくお願い申し上げますっ！」

なんと泥くさいことをするのだろうと、由起子は内心で眉をひそめた。

蜷川も唖然としている。口許からもれたのは、憐れみまじりの失笑だ。内野の気持ちもわからないではないが、よけいなことをしてしまったものだ。最後にこれでは、せっかくの高級クラブの接待も台無しである。

「じゃ、あとは頼むよ」

蜷川は気まずげな顔で由起子に言い残すと、そそくさとホテルに入っていった。通りかかるホステスや客が、土下座したまま頭をあげない内野に汚物を見るような眼を向ける。

「起きてください、内野さん……」

由起子は腕を取り、亀のように固まっている内野をなんとか起こした。

「だ、大丈夫だろうか？」

内野の太った顔は脂汗にまみれ、いまにも涙まで流しそうだった。

「い、いまの店の勘定……に、二十三万だぞ……カードで払ったが、カミさんになんて言えばいいだろう？　接待がうまくいったならともかく、断られたら……」

「大丈夫です。大丈夫ですから……」

由起子は震えている内野の背中をさすった。

「先方にも内野さんの誠意は充分に伝わったと思います。やるべきことはやったんですから、あとは人事を尽くして天命を待つ、でよろしいかと……」

「そうかな？　誠意、伝わったかな？」

「ええ、ええ」

由起子はうなずきながら内野の背中を押し、歩きだした。まだぎりぎり終電に間にあう時間だったが、内野は完全に取り乱していたので、背中をさすりながらタクシー乗り場まで送っていった。

「なあ、高樹くん……」

閉まりかけたタクシーの扉を押さえて、内野は言った。

「やっぱり、ちょっとふたりで飲み直そうか。このまま家に帰っても、とてもじゃないが、寝つけそうにない」

「申し訳ございません。わたくしは家に戻らないと……」

「……そうか」

内野は諦めて運転手に扉を閉めさせた。

「お疲れさまでした」

由起子は走り去っていくタクシーに深々と頭をさげた。顔をあげると深い溜息がもれた。

大丈夫なはずがなかった。

このままでは、蛯川が取引を断ってくることは確実だし、もう一度話を聞いてもらうチャンスさえ与えてもらえないかもしれない。

由起子は踵《きびす》を返して蛤川が宿泊しているホテルに向かった。

ホテルを手配したのは由起子なので、部屋番号はわかっている。エレベーターに乗りこみ、階上にあがった。部屋をノックすると、蛤川が眼を丸くしてドアを開けた。まだスーツを着たままで、ネクタイもほどいていなかった。

「どうしたんだ、いったい？」

「申し訳ございません、五分だけ……五分だけお話しする時間をいただけないでしょうか？」

先ほどまでの無表情を撤回し、メガネ越しにすがるような眼を向けると、

「べつにかまわないが……」

蛤川は由起子の勢いに気圧《けお》されたように部屋に通してくれた。さすがにスイートまでは用意できなかったが、ゆったりしたツインルームだ。

「ちょうどよかった。五分と言わず、どうせなら一杯付き合ってくれないかな」

蛤川はルームサービスのメニューを手にした。

「ハハハッ、なんだか最後に嫌なもの見せつけられてしまって、少し飲まないと寝つけそうにないよ。ブランデーでいいかい？　それともワインかなにか……」

蛯川の言葉が途中で途切れた。

由起子がソファの方に進まず、ふたつあるベッドのひとつに腰をおろしたからである。背筋をぴんと伸ばし、蒼白に染まった横顔を蛯川に向けていた。

「……なるほど」

蛯川が苦笑してメニューを置く。

「土下座の次は肉弾攻撃か……つくづくアナクロな接待をするな、おたくは」

「誓って申し上げますけど……」

由起子は無表情を取り戻し、淡々と言った。

「わたくし、こんなことをするのは初めてです。でも、今回だけはどうしてもお取引をお願いしたいんです。好きにしてください。わたくしなんかより、さっきのお店の女の子のほうが本当はよろしいんでしょうが……」

謙遜《けんそん》だった。先ほどの店は若くてキャピキャピしている女しかいなかった。六十近い蛯川はもう少し年上が好みのようで、時折自分に向けられていた熱い視線を由起子は見逃していなかった。

「そんなことはないさ……」

蛯川はハッと破顔した。

「さっきの店の女の子たちは、僕にはいささか若すぎる。好きにできるんであれば、キミのようなタイプがいい……」

やっぱりね、と由起子は胸底でつぶやいた。

医者にはサディスティックなタイプが多く、そういう男が自分のような女を好むことを由起子は知っていた。プライドが高く、生意気そうな女をいじめたいのだ。由起子にはマゾの性癖はなかったが、今回ばかりは致し方ない。ふっと息を吐いて眼を閉じると、路上で土下座している内野の姿が瞼の裏に浮かんだ。泥くさく無能な男だが、愛おしい。できることなら、あの場で背中をかばってやりたかった。

「シャワー、お借りします」

立ちあがってバスルームに向かおうとすると、

「その必要はないよ」

蜷川が腕を取って制した。

「女を抱く前に汗を流させるなんて、僕はそんな悪趣味じゃない」

息のかかる距離まで顔を近づけて、ニヤリと笑う。狒々爺《ひひじじい》め、と由起子は胸底で吐き捨てた。禿げあがって艶光りしている額といい、落ち窪《くぼ》んだ眼といい、大きな鷲鼻といい、妙に赤々とした唇といい、醜悪そのものの顔だった。造形が悪いのではなく、権力や金や色事へのあさましき欲望が、何十年もかけて顔の表面に浮かびあがってきた卑しさがある。

「ここで脱ぎたまえ」

蜷川は由起子を部屋の隅に立たせると、ソファに腰をおろした。由起子の立ち位置は、ソファから一メートルほど。背後には大きな姿見がある。なるほど、ストリップを背後からも拝みたいというわけか。

(好きにすればいい……)

由起子は気丈に表情を引き締め、黒いスーツのジャケットから脱ぎはじめた。ボタンをはずす指が震えていたが、もう後戻りはできない。この部屋に入ってきたときから、覚悟は決まっていた。これから眼の前の狒々爺に女としての恥という恥をかかされることは間違いないけれど、それもせいぜい二、三時間のことだ。長い人生から見れば一瞬に等しい。それで内野が救われるのであれば、たいしたことではない。

「それにしても美人だね……」

ソファで悠然と脚を組んでいる蜷川が、顎を撫でながら言った。

「さっきの店じゃ肌も露わな女の子に囲まれていたが、正直、眼に入らなかった。キミのことばかり見ていたよ。美人なのに気が強そうで、メガネをかけているのに気品がある……」

「ありがとうございます」

由起子は事務的に礼を言って、脱いだジャケットを側にあった椅子に置いた。賛辞を浴びることには慣れていた。とくに医者からはそうだった。

しかし、一度として誘いに応じたことはない。職業柄医者に接する機会は多いが、鼻持ちならない尊大な男たちばかりだったからだ。

あるいは由起子がそういうタイプを引き寄せてしまうのかもしれないけれど、いくら尊敬される仕事に就き、地位や名誉やお金に恵まれていたとしても、女を屈服させることに快楽を見出すタイプの男はお断りだった。

3

ブラウスのボタンをはずし終えると、さすがに手がとまった。

ここから先に進むためには、スカートを脱がなければならない。

「どうした？」

蜷川が口許に淫靡な笑みをこぼした。

「威勢よくやってきたわりには、膝が震えてるじゃないか？　やっぱりやめにしておくかい？」

由起子はメガネの奥で眼を吊りあげ、唇を嚙みしめた。

本当に嫌な男だった。抱く気があるなら服くらい自分で脱がせればいいのに、そうはしない。女がなにを恥ずかしがるのかよくわかっている。六十歳近い蜷川にとっては、三十歳の由起子など小娘なのかもしれない。契約欲しさに体を差しだしてくるなんて、生意気な態度だと思っている節もある。とにかくとことんいたぶり抜き、屈服させてやろうという意志が、脂ぎった視線から伝わってくる。

由起子は両手を後ろにまわし、スカートのホックをはずした。

羞じらっていては相手の思う壺だった。

服さえ脱げば、好色漢の狒々爺がむしゃぶりついてこないはずがない。そうなってしまえば、恥をさらすのはお互い様だ。とにかく早く服を脱いで、ベッドインしてしまうことだ。

ちりちりとファスナーをおろし、スカートを脚から抜いた。

ブラウスも脱ぐ。

下着はゴールドに黒いレースをあしらったもので、ワードローブの中でもいちばん見栄えのする高級ランジェリーだった。ただ、黒いパンティストッキングが恥ずかしい。すぐに脱

ごうとすると、

「先に上だ」

蜷川が口を挟んだ。

由起子はしかたなく、両手を背中にまわし、ブラジャーのホックをはずした。腋《わき》がじっとりと汗ばみ、指先が震えている。カップをめくり、たわわに実った乳房をこぼすと、全身に激しい身震いが走った。

「ふふふっ、いいおっぱいじゃないか……」

蜷川が立ちあがって近づいてきた。

由起子が猫背になって両手で胸を隠すと、

「気をつけだ」

ぴしゃりと言われ、

「ううっ……」

由起子は唇を嚙みしめながら、命じられた通りに体を伸ばさなければならなかった。

ほんの二、三時間の我慢なのだから、言われたとおりにしていればいい。それはわかっている。わかっていてなお、眼も眩むほどの恥辱である。トップレスで胸のふくらみを露わにし、下肢はショーツを透かした黒いパンティストッキングという中途半端な格好が、身をよじりたくなるほど恥ずかしい。

いや……。

本当の恥辱の源泉は、蜷川の眼つきだった。由起子の体をむさぼり眺めてくる。値踏みするような視線が、落ち窪んだ眼を鈍く光らせて、形よく盛りあがったEカップの乳房を舐めるように這いまわり、くすみ色の乳首までやってくる。鏡と実物を交互に眺めては、ウエストのくびれ具合やヒップの大きさ、あるいは太腿の張りつめ方まで、事細かにチェックしている。

まるで視線で犯されているようだった。

実際、蜷川は由起子をどうやって犯そうかと思案を巡らせているのだから、犯されているのも同然だが……。

(早くっ……早くしてよっ……)

蜷川があまりに長々と視姦に興じているので、由起子は焦れてきた。左右の腋を濡らすじっとりした汗が、ツンと酸っぱい匂いを運んでくる。

「僕の好きなやり方でかまわないんだよね?」

たっぷりと間をとったうえ、もったいぶって訊ねてきた。

「ええ……」

由起子が恥辱に頬をピクピクさせながらうなずくと、蜷川は満足げにニヤリと笑い、ネクタイをといた。それで由起子を後ろ手に縛ってきた。

「な、なにをっ……」

焦る由起子を尻目に、蜷川は旅行鞄をガサゴソと探り、チューブを一本取りだした。外国語の文字が印字されている、いかにもあやしげな薬剤だった。それを絞りだして指に取ると、パンティの中に手を突っこんできて、女の割れ目に塗りたくった。

「いっ、いやっ……」

由起子は太腿を閉じて抵抗したが、蜷川の動きは素早かった。割れ目だけではなく、剝きだしの乳房の頂点にまで軟膏《なんこう》を塗りつけられた。

「やめてっ……やめてくださいっ……」

顔を真っ赤にして憤怒する由起子を見て、蜷川は笑った。

「ハハハッ。心配しなくても、体に害はない。嫌いな男に抱かれることが、ちょっとだけ楽になる媚薬だよ」

「媚薬っ……」

由起子は息を呑んだ。迂《う》闊《かつ》に足を踏み入れたぬかるみが底なし沼だったような、暗色の不安を覚えた。相手は医者だった。どんな薬剤でも容易に手に入れられる立場にあるし、薬剤の中にはドラッグと同じ成分のものがいくらでもある。

「さて、それじゃあ僕はひとっ風呂浴びてくることにしようか」

蜷川は息のかかる距離まで顔を近づけてくると、からかうように歯を剥いて笑った。

「情事の前、女にシャワーを浴びさせるのは悪趣味だが、男が浴びないのはマナー違反だ。いささか長風呂になるかもしれんが、そのままで待っていたまえ」

「ちょ、ちょっと待ってくださいっ……このままってっ……」

焦る由起子に背中を向け、蜷川はバスルームに消えた。鏡の前に取り残された由起子は呆然とするしかなかった。

このまま待っていろと言うことは、立ったままだろうか？　廊下に立たされる小学生のように。しかも、乳房を剝きだしにして後ろ手に縛られているという、これ以上ない屈辱的な格好で。

「あああっ……」

鏡に映った自分の姿はみじめそのもので、思わず声が出てしまった。トップレスに後ろ手縛りだけではなく、黒いパンティストッキングと黒いハイヒールが滑稽なほど卑猥だった。ストッキングはもちろんショーツを透けさせて、光沢のあるゴールドの生地が股間にぴっちりと食いこんでいる様子がうかがえる。

おまけにメガネだ。キャリアウーマンを気取った細身の銀縁メガネが、これ以上似合わない格好というのも他にはあるまい。

しかし、しどけない自分の姿に羞じらっていられたのも、ほんの束の間。

下半身に異変が起こった。もちろん、媚薬を塗られた部分だ。ショーツの内側がジクジクと疼きだしたかと思うと、みるみる表面から奥まで燃えるように熱くなった。

「んんんっ……」

熱さに続いて訪れたのが、痒《かゆ》みだった。

熱く爛れた粘膜に、尋常ではない掻痒《そうよう》感が襲いかかってきて、いても立ってもいられなくなった。

（な、なんなのっ……）

両手が背中で縛られていなければ、間違いなく掻き毟っていただろう。

中腰になり、極端な内股になってやり過ごそうとしたが、無理だった。鏡に映った自分の姿が、なおさらみじめになっただけだ。

「あああっ……」

せめて真っ直ぐ立とうとすれば、痒みがよけいに威力を発揮した。まるで、すりおろした山芋を塗りたくられたような、そんな有様だった。手や口のまわりに付着しただけで痒くなるものが、敏感な粘膜に塗りこめられたのである。痒みとともに蜜壺がズキズキと熱く脈動し、それが次第に全身に波及していく。

やがて、乳首も熱く疼きだした。触られてもいないのに、むくむくと物欲しげに尖りきっていった。いや、普段なら尖ったという表現が適切かもしれないけれど、このときばかりは膨張したと言ったほうが正確だった。虫に刺されたように大きくなり、疼き方もサイズに比例していつもよりずっと激しい。

「くっ……くううううっ……」

顔を真っ赤にして、後ろ手に縛られた不自由な体を必死によじる。しゃがみこみたかった。そうすればショーツが少し股間に食いこんで、痒みを緩和してくれるのではないだろうかという淡い期待があった。

だが、しゃがみこんでしまえば、自分の中でなにかが壊れてしまいそうだった。

しゃがみこんでダメなら、どうすればいいのだろう？　絨毯《じゅうたん》に寝転んでのたうちまわるのか？　あるいはソファの手すりにでもまたがって、騎乗位よろしく腰を使うのか？

できるわけがなかった。

由起子はプライドの高い女だった。自分で自分に失望することがなによりも嫌いで、人が見ていないからといってどんな破廉恥なことをしてもいいとはとても思えない。

蜷川がそこまで見抜いてこの放置プレイを仕掛けてきたなら、たいしたものだった。

由起子は意地でも立っていようと思った。

「そのまま待っていたまえ」と言われたのだから、その命令を淡々と遂行してやればいい。どんな窮地に追いこまれたときも、由起子はいつもそうやって乗り越えてきた。プライドだけはどんなことがあっても守り抜くのだ。

そうすれば、たとえ勝負に負けたとしても、すぐに立ち直ることができる。リターンマッチを挑むチャンスだってかならず来る。

しかし、今度ばかりはその意地っ張りで負けず嫌いな性格が命とりになりそうだった。

自分のプライドの高さによって、由起子は真綿で首を絞められるようにじわじわと追いつめられていった。

4

あきらかに異常事態だった。

ただ立っているだけなのに、鏡に映った上半身が汗だくになり、素肌がヌラヌラと濡れ光っている。ただの脂汗ではなく、甘ったるい匂いのする発情の汗だ。

下半身はもっと悲惨だった。黒いナイロンにぴったりと包みこまれているから噴きだす汗の量も多く、ショーツの中は汗ではないものでぐしょぐしょの状態だった。

「あああっ……」

太腿をこすりあわせるだけで声がもれ、鏡に映った顔が淫らがましく眉根を寄せた。よけいなことをするべきではなかった。しかし、こすりあわせなければ太腿がぶるぶると震えだし、膝も笑いだす。ハイヒールを履いて立っているのがひどくつらい。

(ああっ、ダメッ……)

足元がよろめいて、あわてて踏ん張る。倒れたら、そこでおしまいだった。たぶん二度と起きあがれなくなる。地べたに這いつくばった状態で、バスルームから出てきた蜷川と御対面、そんな屈辱だけは絶対に避けなければならない。

しかし、それにしても、蜷川はいつまで風呂に入っているつもりなのだろう。

もう三十分はゆうに経っているのに、いっこうに出てくる気配がない。

(頑張れ……頑張りなさい……)

鏡に向かって、必死に自分を励ました。生々しいピンク色に染まった顔を、きりきりと引き締めた。

自分はいま、性的な快感を求めてこの部屋にいるのではなかった。内野を守るための自己犠牲であり、人身御供《ごくう》だ。自分が盾になることで、彼と彼の家族を守るのである。そう思ってみれば、この悪夢のような窮地と対峙する勇気もわいてくる。

蛇川の慰みものにされるのは、悪辣《あくらつ》な罠に嵌《は》められたからでもなんでもない。由起子自身の意志であり、この苦悶と屈辱の時間には、しっかりと対価が支払われるのだ。内野の笑顔というなによりの報酬を考えれば、胸が熱くなる。いつまでも隣のデスクにいて、家族の写真を自慢げに見せてほしい。

「……おおっ」

バスローブ姿で風呂からあがってきた蛇川は、由起子を見て眼を丸くした。

「驚いたな。まだ立っていられたのか？」

「そう……言われましたから……」

涼しい顔で答えたつもりだが、由起子の声は恥ずかしいほど上ずっていた。真っ直ぐ立っているのだといくら自分に言い聞かせても、もじもじと太腿をこすりあわせてしまう。

「ハハハッ、見た目も綺麗だが、中身もたいした女だな。素晴らしいよ。僕が風呂に入っていたのは、四十分くらいかな？　あの媚薬を塗られて、それほど我慢できた女はいない。ご褒美にたっぷり可愛がってやる。さあ、こっちへ来たまえ」

蛇川は由起子の腕を取り、ソファへうながした。

（あああっ……）

一歩足を踏みだすほどに、由起子は歯を食いしばって身をよじるのをこらえなければならなかった。両脚を交錯する動きが付け根を刺激した。足を前に運ぶだけで、蜜壺の中で濡れた肉ひだがこすれあうような感覚が訪れた。

とはいえ、ようやくこれで掻痒感から解放されると思うと、胸騒ぎを抑えきれなかった。乳首をひねりあげられ、勃起しきった男根で股間を貫かれれば、一瞬にして頭の中が真っ白になるだろう。発情した獣の牝となり、自分から腰を使ってしまうに違いない。

蜷川は下品で卑しい狒々爺だった。

だが、それでいい。セックスになれば、蜷川も口許に笑みをたたえていることができなくなり、野獣となって由起子の体をむさぼってくるだろう。ならば恥ではない。お互い様ならプライドまでは奪われない。一歩部屋の外に出たら、忘れてしまえばいいだけの話だ。

しかし……。

ソファで待ち受けていたのは、掻痒感に苛《さいな》まれながら立ちすくんでいた時間が、懐かしく思いだされたほどの生き地獄だった。

蜷川はまず、ソファに座った自分の膝の上に由起子を向きあって座らせた。膝は二十センチほど開かれていて、由起子の股間がちょうど、膝と膝の間の空間にくるような体勢だ。対面騎乗位じみたその格好だけでも恥ずかしかったが、蜷川は興奮に駆られて愛撫を開始することなく、ニヤニヤしながらささやいてきた。

「さて、それじゃあ告白の時間だ……」

「……告白？」

由起子は不安げに眉をひそめ、首を傾げた。

「いったいどういうつもりで、体を差しだしてきたのか教えてくれよ。会社の命令かね？　うちの病院と取引ができると、どれくらい報酬がもらえるんだい？」

「そんな……」

由起子はひきつった顔をそむけた。

「わたくしはべつに、お金のためにこんなことを……くぅううっ！」

体の芯に電流が走った。開いている股間から脳天まで響くような衝撃に、悲鳴もあげられなかった。蜷川が股間を触ったのだ。パンティストッキングのセンターシームに沿って、女の割れ目をすうっと指先で撫であげられた。

「あああっ……あああっ……」

由起子は焦点を失った両眼を見開き、開いた唇から弱々しいあえぎ声をもらした。全身が、ガクガク、ブルブル、と震えている。山芋を塗りたくられたような掻痒感に苛まれていた蜜壺が、マグマのように煮えたぎる。

「正直に言いたまえよ」

勝ち誇った笑みを浮かべた蜷川は、すうっ、すうっ、と右手でセンターシームをなぞりながら、左手で汗まみれの乳房をすくいあげた。裾野をやわやわと揉みしだいてきた。

「うちと契約がとれたらいくら貰えることになってる？　百万か？　二百万か？」

「ううっ……くぅううううーっ！」

由起子は首にくっきりと筋を浮かべて悶絶した。喉から手が出るくらい欲しかった刺激のはずだった。しかし、実際に与えられてみると、もどかしさばかりが募っていく。下着越しにフェザータッチで触られるにしろ、乳房の裾野だけをやわやわと揉まれるにしろ、刺激が微量すぎるのだ。欲情の大きさとバランスがとれない。

「どうなんだ？　社長命令かなにかなのか？　でなければおかしいだろ？　これほどのいい女が体を差しだしてくるなんておかしい……まあね、契約欲しさに女をあてがってくる会社は、いままでにもあったよ。たいていは商売女だ。社員の類《たぐい》でも頭のユルそうなＯＬだったな。それがどうだ。こんなにいい女がホテルの部屋を訪ねてくるなんて、いったいどうなってるんだ……」

言いながら蜷川は、指の動きをどんどんねちっこくしていった。ストッキングとショーツ、二枚の薄布に包まれた女の割れ目をいやらしいほどになぞりたて、肉の合わせ目にあるクリトリスの上で指を震動させる。胸のふくらみをすくいあげている指先は、汗ばんだ乳肉に指を食いこませつつも、決して揉みくちゃにはしてこない。

（ああっ、してっ！　もっとっ……もっとめちゃくちゃにしてええっ……）

由起子は胸底で絶叫し、長い黒髪をうねうねと揺らした。腰をくねらせ、股間をしゃくるように上下させた。恥ずかしかった。騎乗位で結合しているならともかく、股間はまだ下着に密封され、指一本でいじられているだけなのだ。なのに燃えてしまう。甘ったるい匂いがする発情の汗をかきながら、淫らなほどに燃え狂ってしまう。

「言うんだよ」

蜷川は両手で、左右の乳首をつまんできた。

「くぅうっ！」

つまんだ力は、ごく軽くだった。けれども媚薬を塗られたその部分は、いまにももげ落ちてしまいそうなほど大きくふくらんでいる。

「言わないと、またしばらく鏡の前に立たせるぞ。ガマの油みたいに、タラーリ、タラーリ、汗をかいてみるか？」

「いっ、いやっ……」

由起子は凍りついた顔を左右に振った。いまつまみあげられている乳首を押し潰されるのは、恐怖だった。快感のあまり我を忘れてしまうかもしれないと思うと、背中に冷や汗が流れていく。

しかし、指を離されるのはもっと恐怖だ。再び放置されることを想像すると、正気を失ってしまいそうになる。

痒みというものは、掻けば掻くほど痒くなる。絨毯にこすりつけて一瞬の安堵を得ても、次の瞬間に襲いかかってくるのはそれまで以上の痒みである。実際、指を離されてしまった股間の疼きは尋常ではなかった。鏡の前に立たされたりしたら、一分ともたずに女のプライドが崩壊するに違いない。

「お金の……お金のためなんかじゃありません……」

由起子は震える声を絞りだした。ねっとりと潤んだ瞳で、早く乳首をギュッとつまんでと訴えながら。

「出世です……わたくし、出世したいんです……一日でも早く課長に……」

「ほう」

蛉川は楽しげにうなずいた。

「それはいい。野心をもった女は嫌いじゃない。内野といったか、あの無能な男より、キミのほうがよほど仕事ができそうだしねえ。あいつを出し抜いて出世するために、うちの契約が欲しいんだな？」

「はい……そのとおりです……」

由起子はうなずいた。内野に対してひどい罪悪感を覚えたが、他にどうとも説明のしようがなかった。

「嘘つけ」

蜷川は悪魔のように口を裂いて笑いながら、左右の乳首をキューッとひねりあげてきた。

「はっ、はぁうううううーっ！」

由起子は阿鼻叫喚の悲鳴をあげて、したたかにのけぞった。体が後ろ側に倒れなかったのは、次の瞬間、蜷川が双乳を力まかせにつかんだからだ。揉みくちゃにされた。乳肉をひしゃげさせ、乳首を押し潰し、ひとしきり好き放題に蹂躙《じゅうりん》してから、パッと手を離した。

「あああっ……あああっ……」

由起子は全身をわななと震わせ、口を閉じることができなくなっていた。目頭がひどく熱くなり、瞳に涙が溜まりすぎて視界が歪んでいる。

「いかんよ、嘘をついたら。キミは出世や金で動くタイプじゃない。そんなことは最初からわかっていたんだよ。接待の席のときから、キミは無欲だった。この部屋に抱かれにきてまで、伝わってくるのは無私無欲ばかりだ。いったいどうなってるんだ？」

「た、たす……助けてっ……」

由起子は泣きそうな顔で蜷川を見た。声も体も怖いくらいに震えていた。欲情しきって震えているのだ。頭は眩暈に襲われ、視界は涙で塞がれている。思考回路がショートしてしまい、考えることができるのはただ、もう一度乳房を揉みくちゃにしてもらいたいということだけだった。

「助けてやる。素直になれば、こってりと抱いて、好きなだけイカせてやる……」

蜷川は言いながら、乳房を揉み、股間をいじってきた。しかし、元通りのソフトなやり方だった。痛烈な刺激のあとだけに、やわい刺激が体の芯まで染みこんできたが、すぐにもどかしさが頭をもたげてくる。痒みに苛まれた蜜壺が悲鳴をあげて蜜を漏らし、ショーツの内側が失禁したように濡れていく。

たまらなかった。

由起子はいままで、自分が性的に淡泊なほうだと思っていた。しかし、どうやら違ったらしい。自分の中にこれほどの欲望が眠っていたことに驚いてしまう。ペロリ、ペロリ、と薄皮を剝かれるように、淡泊なはずの自分を見失っていく。

（でも……でも言えない……内野さんのことが好きだなんて……）

言ったところで、信用されるとも思えなかった。説得力のある嘘を考えなければならない。しかし、頭の中は混乱の極みにあり、考えられるのはただ、次に与えられる刺激のことだけだ。下着越しに割れ目をなぞっている指が、次はいつクリトリスの上を通過するのか、乳房をやわやわと揉んでいる手がいつ乳首をひねってくれるのか、それ以外のことはなにも考えられない。

「強情な女だね……」

蜷川は笑顔をギラリとたぎらせると、由起子を膝の上からおろした。由起子は腰が抜けたような状態になっていて、そのまま絨毯にひざまずいた。仁王立ちになった蜷川がバスローブの紐をとき、前を割る。隆々とそそり勃った男根を、鼻先に突きつけてくる。

「しゃぶるんだ」

蜷川は由起子の頭をつかみ、硬くみなぎった肉の棒を口唇に埋めこんできた。

「うんぐぐっ……」

風呂上がりのはずなのに、蜷川の男根は強烈な男性ホルモンの匂いを振りまいていて、由起子の鼻は曲がりそうになった。だが、蜷川に容赦はなかった。野太い男根を深々と由起子の口唇に埋めこむと、腰を使って責めたててきた。

5

フェラチオは男を悦ばせる愛撫だとばかり思っていた。

女の側から見てみれば奉仕であり、もちろん奉仕することの悦びはあるだろうが、性感を刺激されることなどないはずだった。

しかし、由起子はいま、感じている。

仁王立ちの男の足元にひざまずかされ、あまつさえ両手を背中で拘束されるという屈辱的な格好でフェラチオを強要されているのに、手に負えないくらい発情しきっている。まるで口唇が蜜壺になったようだった。鼻が曲がりそうになった男性ホルモンの匂いにさえ、いまでは自分でも驚くくらい興奮してしまう。

「ぅんぐっ……ぅんぐっ……」

蜷川が腰をひねり、男根が喉奥まで入ってくるたびに、遠く離れた蜜壺までがジンジンと痺れた。硬く尖りきった左右の乳首が火を放たれたように熱くなり、口唇を突かれる震動でわずかに揺れるだけで、身をよじってしまうほどだ。

「ぅんぐっ……ぅんぐっ……」

男根を抜かれるとき、唇をめくりあげられると、大量の唾液が糸を引いて胸元に垂れ流れていった。制御することはできず、あっという間に胸の谷間をネトネトに濡れ光らせ、パンティストッキングのウエスト部分まで垂れてきた。

制御するどころか、口を犯され、涎がとまらない状態が、心地よくてしかたがなかった。もっと突いてほしかった。息もできないほどの連打で、いっそ意識を奪ってほしかった。

そう……。

失神してしまえれば、どれだけ楽だったろう。

「……ぅんあっ！」

蜷川が口唇から男根を引き抜いた。口内に溜まっていた唾液が口からあふれ、黒いナイロンに包まれている太腿を濡らす。眩暈を誘うほどの息苦しさが遠ざかったかわりに、耐え難いもどかしさが全身を打ちのめしてくる。

（か、痒いっ……痒いのよっ……）

股間の粘膜に山芋をすりこまれたような掻痒感は、すでに限界を超していた。呼吸を塞がれることでかろうじてやりすごしていた激しい痒みに、再び悶絶しなければならなかった。

「あああっ……あああああっ……」

由起子は眉根を寄せ、情けなく眼尻を垂らした顔で、蜷川を見上げた。激しいフェラチオの後遺症ですぐには口を閉じることができず、あえぎ声を吐くことしかできない。

「どうした？」

仁王立ちになった蜷川が、勝ち誇った顔でニヤリと笑う。とても六十前後とは思えないほど威風堂々とそそり勃った男根が、唾液に濡れて黒々と光っている。

「もっと舐めさせてほしいか？」

「ううう っ……」

由起子は閉じることのできない唇をわななかせた。むろん、もっと舐めさせてほしい。女の口内に性感帯があるとわかったいま、フェラチオはただの奉仕ではない。

しかし、舐めるより千倍、万倍の切実さで望んでいることが、別にある。

「素直になれよ」

蜷川にそっとメガネをはずされた。

「ふふっ、素顔はなかなか可愛いじゃないか」

由起子の顔はカアッと熱くなった。

「素直になって、どうしてほしいか言えばいい。キミは頭がいい女だ。わかるだろう？　なにをお願いすればいいか……」

蜷川はそそり勃った男根で、熱くなった由起子の頬を、ピターン、ピターン、と打ってきた。屈辱的な振る舞いだったが、由起子にはもはや、屈辱に身を焦がす余力は残っていなかった。ピターン、ピターン、と頬を打つ逞しい男根が欲しくて欲しくてしかたがない。

「……だ、抱いて」

ついに言ってしまった。メガネを取られた素顔で言ったことが、途轍もなく羞恥心を揺さぶってくる。

「抱いて……ください……」

羞恥心と掻痒感が、激しく身をよじらせる。

「ダメだ、そんな言い方じゃ」

蜷川は唾液に濡れた男根で由起子の頬を嬲《なぶ》りながら、ストッキングに包まれた太腿を足でぎゅっと踏んだ。屈辱とともに、由起子の下肢は疼いた。太腿への刺激が、股間までしたたかに疼かせた。

「ただ抱いてほしいわけじゃないだろ？　なにをどこに入れてほしいか言ってみろ」

「ゆ、許して……」

「ダメだ」

太腿を踏んでいる足が、股間に這ってくる。二枚の薄布で密封された股間を、足指ですうっと撫でられる。

「くぅうっ！」

由起子は素顔を歪めてうめき、ひざまずいた五体を震わせた。目頭が耐え難いほど熱くなり、涙をこらえきれなくなった。気がつけば「えっ、えっ」と喉を鳴らし、少女のように泣きじゃくっていた。

「手を自由にしてやろうか？」

蜷川は、由起子の泣き顔を見てますますサディスティックに眼を輝かせた。

「いま拘束をとかれて両手が自由になったら、キミはどうなってしまうだろうね？　とっても楽しい見せ物を披露してくれるんじゃないかな」

「い、いやっ……いやですっ……」

由起子は泣きじゃくりながら首を横に振った。両手の自由を得た自分がなにをしでかしてしまうのか、容易に想像がついた。痒くて痒くてしかたがない部分を、掻き毟ってしまうに決まっている。場所が場所だけに、ただ掻くだけではすまない。自慰だ。人前で自慰を披露する、恥知らずな女になってしまうのだ。

「ああっ……ああっ、もう助けてっ……くださいっ……くださいっ……」

悲痛な絶叫をあげた由起子の顔にはもう、表情を隠すメガネはなかった。かわりに、涙と唾液と男くさい我慢汁で濡れまみれ、くしゃくしゃに歪みきっている。

「だから、どこに、なにが欲しいんだ？」

女の割れ目に、ぎゅうっと足指がめりこんでくる。

「あぅうっ……」

由起子はボロボロと大粒の涙を流した。大人になってからこれほど号泣した記憶はついぞなかった。しかも、なぜ泣いているのかといえば、六十近い狒々爺に犯してくださいと哀願しているのだ。

「どうしても言えないのか？」

蜷川が足を股間から離した。

「そんなに聞き分けがないなら、僕は先に休ませてもらうからね」

ベッドに向かい、ベッドカヴァーを剝がしたので、由起子はあわてた。

「待ってっ！　待ってくださいっ！」

すがりつきたくとも、両手は背中で縛られている。膝立ちで進んだ。もはやこれ以上みじめになれないところまでみじめになり、上半身を蜷川の足にこすりつけていく。

「オッ、オチ×チンをっ……オチ×チンをくださいっ……」

蜷川が振り返って睨んでくる。

「だから、どこに？」

「オッ……オオオッ、オマ×コッ……」

その言葉を口にした瞬間、由起子はたしかに聞いた。自分の中のプライドがガラガラと崩れていく音を。

「オッ、オマ×コにっ……オマ×コにオチ×チンを入れてっ……」

「誰のオマ×コだい？」

「わたくしのっ……わたくし由起子のオマ×コですっ……ああっ、お願いしますっ……由起子のオマ×コ、オチ×チンでめちゃくちゃに突いてくださいっ……」

「……ようやく素直になったか」

蜷川は泣きじゃくっている由起子の腕をつかむと、ベッドにうながした。発情の汗をたっぷりと吸ったストッキングを、果物の薄皮を剝くように剝がされ、爪先から抜かれた。続いてゴールドのショーツが脱がされる。

「あああっ……あああああっ……」

汗まみれの下肢に新鮮な空気を浴び、由起子はそれだけで激しくあえいでしまった。蜷川に両脚をM字に割りひろげられると、恥辱よりもずっと強烈な解放感を覚えた。ただ裸にされ、脚をひろげられているだけなのに、眼も眩むほど心地いい。

「すさまじい濡らしっぷりだな」

蜷川が喉奥でククッと笑う。

「花びらがすっかりふやけちまってるぞ。クリまでふやけてるんじゃないか？」

指先でクリトリスのカヴァーをめくられ、ふうっと息を吹きかけられる。

「くぅううぅーっ！」

由起子は首に筋を浮かべて悶絶し、汗まみれの白い太腿をぶるぶると震わせた。見なくても、敏感な肉芽が恥ずかしいほど尖りきっているのがわかった。

「ああっ、早くっ……早くくださいっ……由起子のオッ、オマ×コにッ……オマ×コに、オチ×チン入れてえええっ……」

「ずいぶん羞じらいがなくなってきたじゃないか、ああーん？」

蜷川の指が、クリトリスの包皮を剝いては被せ、被せては剝く。そのリズミカルな動きが、由起子からさらに羞恥心を奪っていく。身も蓋もないM字開脚を披露しながら、くねくねと腰まで動かしてしまう。

「ねえ、お願いっ……お願いしますううっ……」

語尾で媚びる自分の口調が、由起子をしたたかに傷つけた。それでも、ねだらずにいられない。カヴァーをめくるだけではなく、核心に触れてほしい。ふやけた花びらをめくりあげて、掻痒感に疼く粘膜をいじりまわしてほしい。

「ああっ、お願いっ……オマ×コッ……オマ×コしてっ……指でもいいから、いじってちょうだいぃいいいいっ……」

「じゃあ言うんだ」

蜷川は執拗にクリトリスのカヴァーを剝いたり被せたりしながら、冷酷な口調でささやいた。

「どうしてキミみたいないい女が、枕営業の人身御供になったんだ。その理由をまだ聞いていないぜ」

「ああっ、出世のためですっ……わたくし、上昇志向の強いあさましい女なんですっ……体を使っても課長にっ……課長になりたいんですうううっ……」

「まだシラを切るつもりか」

蜷川は鬼の形相になって、由起子の両脚の間に腰をすべりこませてきた。無惨なほどに発情のエキスをもらしている女の割れ目に、男根がずぶずぶと入ってくる。

「はっ、はぁうううううーっ！」

由起子は背中を弓なりに反り返し、白い喉を突きだした。媚薬によってジクジクに爛れ、熱く疼いていた薄桃色の粘膜に、ついに男根の刺激が与えられたのだ。

体がまっぷたつに裂けるかと思った。

これほど甘美な衝撃を、由起子は他に知らなかった。男根がふやけた花びらを巻きこんで奥に埋まってくるほどに、内側の濡れた肉ひだがいっせいに逆立ち、ざわめいた。頭の先から爪先まで快美感が電流のように走り抜け、五体の隅々まで痺れきった。

しかし……。

蜷川はずんっと奥まで一度突きあげると、あろうことか男根を抜いてしまった。

信じられなかった。

由起子はガクガク、ブルブルと震えながら、涙を流した。あまりの失望感に、顔の表面が凍りついたように固まった。閉じることのできなくなった唇から大量の涎が、両脚の間からは発情のエキスがしとどにあふれてとまらなくなった。

「言うんだよ」

峻烈《しゅんれつ》なまでのもどかしさで身をよじる由起子に、蜷川はささやく。王国に君臨する独裁者のごとき偉容で、シラを切ることを許さないと伝えてくる。

「あああっ……あああああっ……」

由起子はいやいやと首を振りつつも、すべてを白状するしかなかった。一度男根の味を知ってしまったら、もうダメだった。もう一度深々と貫いてもらえるなら、命さえ差しだしかねない状況に追いこまれた。欲情のあまり、全身の血液も脳味噌も沸騰しているように熱くなり、肉悦を求めて激しく身をよじりながら言葉を継いだ。

「なるほどな……」

話を聞きおえた蟾川は、恥をさらした報酬を与えてくれた。年齢からは考えられないほど逞しい男根で由起子を翻弄し抜き、数えきれないほどのオルガスムスに導かれた。

「あああっ……イッちゃっ……またイッちゃうっ……イクイクイクイクイクッ……はぁうおおおおおおーっ！」

獣じみた悲鳴を振りまき、みずから腰を振りたてては恍惚にゆき果てた。プライドを捨てたあさましさで、肉の悦びをむさぼり抜いた。

いつの間にか後ろ手に縛られたネクタイはほどかれ、蟾川にしがみついていた。相手は見るも醜悪な狒々爺だったが、それほどの強さで男にしがみついた経験が、それまでの由起子には一度もなかった。

6

接待から数日後、オフィスでのこと——。

「まったく、今回はよくやってくれたよ内野くん」

由起子の隣の席で、内野が部長に肩を揉まれている。どちらもこれ以上ないホクホク顔で、いまにもほっぺたがこぼれ落ちそうだ。

つい先ほど、蜷川から内野に連絡があり、取引の内定を受けたところだった。それも、予想を遥かに上まわるロット数での契約になりそうで、いつもは静かな営業四課なのに、盆と正月が一緒に来たような騒ぎになった。

（よかった、本当に……）

内野の笑顔を見ていると、由起子も自然に笑みがこぼれた。彼と彼の家族を守り抜けた充実感で、胸がいっぱいになっていく。

「いやあ、部長。こんなにうまくいったのも、高樹くんのおかげですよ。彼女がうまいことフォローしてくれたから……」

内野が言い、

「いいえ、わたくしはなにも……」

由起子は微笑を浮かべて首を横に振った。

「すべては内野さんのお手柄ですわ。自腹で銀座で接待した甲斐がありましたね」

「こ、こらっ！」

内野があわてて口の前で人差し指を立てたが、

「なに？　キミ、自腹で接待なんてしたのか？」

部長が眼を丸くして内野を見た。

「す、すいません……しかし、僕も今度ばかりは、ここが正念場だと思いまして……」

内野がしどろもどろで言い訳すると、

「そうか……」

部長は笑顔でうなずいた。

「まあ、無駄に金を使う接待はあまり感心せんが、その意気やよし、だ。今回は特別に、会社で精算できるよう経理に伝えておこう」

「あ、ありがとうございます……」

内野は涙眼になって部長に頭をさげ、由起子を見た。由起子は茶目っ気たっぷりに肩をすくめ、よかったですね、と内心でつぶやいた。

携帯電話が鳴った。

「すいません。ちょっと失礼します」

由起子は断りを入れて席を立ち、廊下に出た。

誰もいない会議室に入って、電話に出た。

相手は蜷川だった。

「さっき、おたくの課長代理に連絡を入れたよ。約束通り、取引はさせてもらう」

「はい、うかがっております。ありがとうございました」

　由起子は丁重に礼を言った。枕営業に契約書はない。一方的に約束を反故《ほご》にされる不安もなくはなく、この数日間、気を揉んでいたのだ。しかしどうやら、よけいな取り越し苦労だったらしい。

「ところで……」

　蛯川が声音を親しげに変えて言った。

「来月また東京に出張する予定ができたんだが、よかったら食事でも一緒にどうかね？」

「はあ……」

　由起子は一瞬、身を固くした。

「心配しなくても、仕事とはいっさい関係がないプライヴェートの誘いだよ。断ったからといって、いったん発注した仕事を取り消したりすることはないから安心したまえ」

「お食事、だけですか？」

「ああ、もちろん」

　電話の向こうで、蛯川は悠然と笑っている。

　とはいえ、食事だけの誘いであるはずがなかった。子供ではないので、それくらいのことは由起子にもわかっている。

ならば即座に断るべきだった。

しかし、断れない。

この数日間、首を長くして蜷川からの連絡を待っていたのは、取引成立に対する不安だけではなかったのだと、いまわかったからだ。

内野への片思いは片思いとして、けれども別の欲望が疼く。

「もちろん、一流の店を予約しておく。キミに恥をかかせるようなことはしないよ」

「それでは、日時と場所が決まりましたら、あらためてご連絡ください」

由起子は言って電話を切った。

(あああっ……)

思わず太腿をこすりあわせて、あえいでしまった。恥をかかせてほしかった。蜷川に塗られた媚薬はとっくに効力を失っているはずなのに、股間がズキズキと熱く疼きだすのを、由起子はやり過ごすことができなかった。

第四話　嵌《はま》る女

1

器が中身を決める、ということがある。

感情を生みだす器というものもある。

難しい話ではない。

素敵な食器を手に入れたとき、それに見合う料理をつくってみたくなった経験くらい女なら誰でもあるだろうし、綺麗なレターセットを買い求めれば、普段はメールで用事をすませている友人知人に、色のついたペンで手紙のひとつも書いてみたくなるものだ。

鈴原麻奈美にとって、そのワンルームマンションは器だった。

素敵でも綺麗でもないけれど、器のせいである種の感情が芽生え、自分でも思いがけなかった行動に出たことは間違いない。

西東京のターミナル駅、新宿から徒歩二十分と、交通の便がいいのか悪いのかよくわからない場所に建つ、ワンルーム専用のマンションだ。

小さなキッチンを含めて七畳しかない、絨毯敷きの洋間。ユニットバスもクローゼットも玄関も、驚くほど狭い。住んでいるのは学生か、つい最近まで学生だった若いサラリーマンやOLだろう。築年数が三十年近いので、古いかわりに家賃がとても安かった。

麻奈美はそのワンルームマンションを、主婦仲間六人と共同で借りた。

「とにかく、お義母《かあ》さんのいる自宅じゃ寛《くつろ》げないのよね」

「子供もそうよ。表で遊んでっていくら言っても、友達を家に呼んで、ずっとリビングでゲームしてるんだから」

「あーあ、ボロでも狭くてもいいから、自分だけの空間が欲しい」

そんな話で盛りあがっても、実際問題、自宅以外に主婦が寛げる場所を見つけだすのは難しい。実家は遠く、パートの職場には満足な休憩場所もなく、せいぜい廉価なカフェに集まって、おしゃべりをするくらいしかストレスの捌け口はない。

「だったら、みんなでお金を出しあってワンルームマンションでも借りちゃいましょうか」

姑《しゅうと》との軋轢《あつれき》で困り果てている人が言い、

「それ、グッドアイデア」

その場にいた人間はみな、わが意を得たりとばかりに膝を叩いた。友達の友達が寄り集まった年齢も生活環境もバラバラなメンバーだったが、このときばかりは全員一致で話が盛りあがった。

「ねえねえ、どうせなら思いっきりオシャレな街に借りちゃわない？」

「吉祥寺とか自由が丘とか？」

「そうそう」

女たちの夢はひろがったが、現実問題としてオシャレな街の賃貸料は高かった。

結局、姑との軋轢で困り果てている人が、新宿から徒歩二十分、家賃五万六千円という掘り出し物の物件を探してきて言った。

「わたし、本当に切羽つまってるから。敷金とか礼金とか入居に必要なお金は全部出す。ひとり月八千円として、七人集まればもう借りちゃう」

七人という人数は、月曜日から日曜日までを割り当てるためのものだ。月八千円で、割り当てられた曜日だけ、その部屋を自由に使えるというシステムも、言い出しっぺの彼女が考えた。

その話に麻奈美は乗った。

麻奈美は三十二歳、結婚五年で子供はいない。

以前は派遣社員として事務職に就いていたが、三十路《みそじ》の声を聞くと途端に採用率が悪くなり、一方で夫が経営している飲食店も順調に業績を伸ばしていたので、この二年ほどは専業主婦を決めこんでいる。

ただ、夫の姉という同居人がいた。自宅で仕事をしている売れっ子イラストレーターで、彼女が家賃を半分払ってくれるおかげで分不相応な高級マンションに住んでいるのだが、芸術系の仕事をする人はやはり性格が気むずかしく、機嫌がいいときと悪いときの落差が激しい。根は悪い人ではないとわかっていても、扱いに困ってしまうことがしばしばあり、ひとりになれる時間に飢えていた。

月に八千円なら小遣いで充分まかなえる範囲だし、週に一回新宿に出るついでにデパート巡りをするのも悪くないと思った。よけいな心配をかけたくなかったので、夫にも義姉にも内緒の決断だった。

麻奈美に割り当てられた曜日は水曜日で、初めてひとりでそのワンルームマンションに足を運んだときのことはよく覚えている。なんだか誰も知らない秘密基地にでも出かけるような、妙にわくわくした気分になったものである。

天気のいい日だった。

部屋は最上階の七階にあり、陽当たりは最高。窓から見える青空も澄んでいて、日がな一日、ひなたぼっこをしていた至福は忘れられない。

とはいえ、三回目、四回目となると、さすがに飽きた。

テレビやＤＶＤが欲しかったが、共同で借りているので、部屋に物を置かないようにしようとみんなで決めたのだ。私物の持ちこみをＯＫにしたら、狭い部屋があっという間に物置と化し、トラブルの種になることは眼に見えていた。

（みんな、どうやってこの部屋で過ごしてるのかしら？）

トラブル回避は重要に違いないけれど、ここまでなにもない部屋だと逆に寛げない。いや、気分は寛いでいても、暇をもてあましてしまう。本でも読めばいいのかもしれないが、残念ながら麻奈美には読書の習慣がなかった。

しかたなく携帯電話をいじった。

通販サイトを巡回したり、無料ゲームをやってみたりしてもすぐ飽きて、辿りついたのは出会い系サイトだった。

いままでもその存在は知っていたがアクセスしたことはなかったし、もちろん本気で誰かとの出会いを求めていたわけではない。ただの暇潰しのつもりだったが、これが予想外に嵌ってしまった。

平日の昼間だというのに、多くの男たちからメールが届いた。もう少し真面目に仕事をしたらどうかと思いつつ返事をすれば、即レスでまた戻ってくる。メールというのは実に時間泥棒な代物《しろもの》で、話が盛りあがれば二時間三時間はすぐに過ぎる。二、三人を相手にしていると、半日などあっという間だった。

麻奈美はいつの間にか、出会い系にアクセスするために、毎週水曜日その部屋を訪れるようになっていた。

『アハハ。それ、最高。主婦仲間がダンナに内緒でワンルームマンションをシェアしてるなんて。なんていうか、プチ贅沢？』

『わたしも最初そう思ったんだけど、意外に退屈よ。だってこの部屋、テレビもなくて、がらんとしてるだけなんだもん』

二十二歳の大学生とのやりとりだ。十も年下の若い男となんて、日常生活ではまったく接点がないが、メールであれば不思議なくらい話がはずんだ。

『いいじゃないですか。がらんとした部屋で一日中ゴロゴロしてるなんて』

『それも二、三回で飽きたわね』

『じゃあ、俺が遊びに行ってもいいですか？　ふたりでいれば退屈することないかもしれませんよ。がらんとした部屋でもね』

不躾《ぶしつけ》な申し出だったが、麻奈美は逡巡のすえ了解のメールを送った。

なにしろ出会い系サイトで知りあった男だ。彼の目的が自分の体であることくらいわかっていたけれど、相手は大学生。イニシアチブは年上の自分にあるに違いないし、そうでなければならなかった。好みのタイプでなかったり、礼を失した態度をとったら、即刻追い返せばいいだけの話だった。

だから、彼と体を重ねたのは自分の意志だ。

なりゆきの部分もあったけれど、力ずくで押し倒されたわけでも、甘い言葉で騙されたわけでもなく、ただの遊びであることをお互いに了解したうえで愉悦を分かちあった。

夫とはセックスレスだったから、罪悪感はあまりなかった。

正確に言えば、年に二、三回行く旅行のときにだけ、夫婦生活を営んでいる。

自宅には、極端に生活が不規則な義姉がいるし、夫も仕事で毎晩遅いから、ダブルベッドで一緒に寝ていてもそういうムードにならないのである。

旅行のときも、お互いなんとなく義務のような感じで体を重ねる。

結婚五年で年に二、三回しかセックスがないというと、眉をひそめる向きもあるかもしれないけれど、麻奈美はそれはそれでしかたがないと思っていた。結婚前から体の相性がなんとなく合わないような気がしていたし、それでも結婚に踏みきったのは、他にさしたる不満な点がなかったからだった。気が合うし、価値観が近いし、なにより仕事人間なので経済的にそこそこ恵まれている。

それに、麻奈美自身、性的には淡泊なほうだと思っていたことも大きい。結婚におけるプライオリティを、セックスに置かなくてもいいと思った。

だが、三十路を過ぎたころからなにかが変わってきた。

急に体に渇きを覚えるようになった。

夫が仕事で、義姉が外出中のとき、自慰の誘惑を断てなくなった。むしろひとりになると真っ先に、服を脱いでベッドにもぐりこんでいる。みじめと言えばみじめだったが、耐えられないほどではなかった。浮気をしようだなんて、一度も思ったことはない。

とはいえ……。

久しぶりに夫以外の男と体を重ね、それも十も年下の若い男にむさぼるようなセックスをされたあとの、すがすがしさは忘れられない。

激しい情事のあと、麻奈美は服を乱して絨毯にあお向けになり、はずむ呼吸を整えていた。

窓から見える空が、たとえようもなく綺麗だった。

吸いこまれそうな青空と、どこまでも自由に流れていく白い雲。

若い男との浮気は、麻奈美にそれまで知らなかった最高の解放感を与えてくれた。そう、それは快楽の前に解放感だった。ワンルームマンションという狭い器が、欲望の翼を大きくひろげさせるきっかけになったのである。

2

主婦がこれほどモテる存在であることを、麻奈美は出会い系サイトにアクセスするようになって初めて知った。

正確には、主婦ではなく「人妻」ということになるが、家の中では「嫁」をもてあましている男でも、他人の嫁＝人妻には激しく欲情するものらしい。独身者であっても、なにかを期待して眼の色が変わる。

人妻には、ふたつのレッテルが貼られているのだ。

欲求不満と後腐れなさである。

はっきり言って愉快とは言えないレッテルではあるけれど、当たっていると言えば当たっているところが口惜しい。

男の性欲が十代でピークを迎えるのに対し、女の体は三十路を過ぎてからがピークなのだ。

そのずれが、生涯愛することを誓い合ったパートナーとのすれ違いを起こし、主婦は欲求不満になる。だからといって家庭は壊したくないから、浮気をしても後腐れはない。ただ快楽だけを欲する男にとって、これ以上都合のいい女はいないだろう。

麻奈美もたしかに欲求不満で、後腐れのないセックスを求めていた。

その気持ちをオープンにすれば、男はいくらでも引っかかった。あまつさえ、無料で使える逢瀬《おうせ》の場所まで提供できるとなれば、モテて当然と言えよう。

人生でこれほどモテた記憶はない、というほどモテてモテてモテまくった。

それはもう、驚くほどに。

そして麻奈美は、不意に訪れたモテ期を謳歌することになる。

出会い系サイトにアクセスしている男なんて、女に相手にされないほど不細工か、とにかくやりまくりたいセックス中毒者だと思っていた。あるいは、下手をすれば悪い男に騙されるのではないかという不安もあったが、麻奈美がセックスを愉しんだ相手は、どこにでもいる普通の人たちばかりだった。

メールをやりとりしている中には危なげな人物もいたけれど、そういう男とは会わなければいいだけの話だった。専業主婦である麻奈美にはメールをやりとりする時間がいくらでもあったので、じっくりと相手の本性をうかがうことができた。

一週間、選びに選んだ男と、水曜日に会う。

麻奈美が出す条件は、昼間に会うことと、関係は一度限りということだ。

昼間の逢瀬に限定しているから、相手は必然的に、大学生や外まわりの営業マンが多かった。

どの男ともひどく燃えた。

後腐れのなさを強調するために「関係は一度限り」と決めたことが、お互いを一期一会の完全燃焼に向かわせたのかもしれない。

最高だった。

行為そのものも、行為がもたらしてくれる副産物も。

年に二、三回、体の相性がイマイチの夫と夫婦生活を営んでいたときより、あきらかに体が軽くなり、素肌に艶や張りが出てきた。初めての男に体を見せることを考えれば、ダイエットも苦にならずスタイルは引き締まり、化粧のノリはよくなって、表情もいままでよりずっと華やかになったという自覚があった。

その変化を、夫や義姉に隠すのに苦労したくらいだ。

いや、隠しても隠しきれなかったらしい。

外で情事に溺れるようになって二カ月ほどが過ぎたころである。

義姉が不在の夜、夫に求められた。

珍しいことだった。

いままでも義姉が夜に家を空けたことがあったし、そういうときにたまたま夫が早く帰ってきたこともあったけれど、リビングでワインを飲みながらおしゃべりを楽しんでいるうちに、お互い睡魔に抗えなくなってしまったものだ。セックスをするよりお酒とおしゃべりのほうが親密な時間を過ごせるのが、自分たち夫婦だと思っていた。

それが、その日に限って、義姉がいないことを知った夫は獣の牡に変身した。

「なんか、最近急に色っぽくなったじゃないか」

などと言いながら、麻奈美に夕食の準備を中断させ、寝室に引っぱりこむと、鼻息荒く服と下着を奪ってきた。新婚時代にさえなかったような濃厚なクンニリングスで麻奈美はひいひいとあえがされ、男根を挿入されると何度も何度も絶頂に達した。

女がイケば、男も燃えるのがセックスである。

その日の夫は、イキまくる麻奈美をさらにイカせようとむさぼるように腰を使い、雄叫びをあげて射精を遂げた。そんな夫の姿を見たのは初めてだった。

「なあ、来月あたり温泉にでも行かないか……」

射精の余韻が過ぎると、夫は麻奈美の髪を撫でながらささやいてきた。

「近場でいいから、ちょっといい宿に泊まってさ……」

一日中部屋に籠《こ》もってやりまくろう、という眼で見つめられた。

麻奈美も似たようなことを考えていたから、オルガスムスの余韻で蕩《とろ》けている顔でうなずいた。

掛け値なしに、夫としたセックスで最高の快感が味わえた。

浮気をしてよかった、と思った。

毎週毎週、違う男に抱かれていたからこそ、麻奈美の女は磨かれ、夫の本能を刺激するフェロモンを振りまくようになったのだ。

いろいろな男を相手にしたことで、性感が開発された面もあるに違いない。でなければ、いままで相性がイマイチと思っていた夫に、何度となく絶頂に導かれた説明がつかない。

しかし……。

自分の放蕩生活を肯定的にとらえると同時に、罪悪感がチクリと胸を刺したのも、また事実だった。

どれほど理屈を並べてみたところで、夫を裏切っていた事実は変わらない。メールをやりとりしただけの男に股を開き、淫らな汗を流した過去は消せやしない。

（もう、浮気なんてやめよう……）

当然の帰結として、麻奈美はそう思った。愛する夫とのセックスで満たされるなら、それに越したことはない。他の男と体を重ね、愉悦をむさぼる必要がなくなったのに、夫を裏切りつづけるのは人として最低だろう。

しかし、一度始めた物事を突然中止するのは、なかなかに難しかった。

麻奈美はまず、器を失《な》くそうと考えた。浮気心を生みだしたと言っていい、ワンルームマンションから遠ざかろうとした。「メンバーからはずしてほしい」と主婦仲間に伝えたのだが、「ちょっと待って」と言われてしまった。

「まだ二カ月しか経ってないのに、そんなこと急に言われても困るじゃない。ひとり抜けると、秩序が乱れるのよ。一週間の各曜日をひとりずつっていうのもそうだし、月々の負担だって増えちゃうし……」

たしかに自分勝手すぎるかもしれない、と麻奈美は考え直した。入居時にかかる初期費用を一円も払っていない負い目もあり、新しいメンバーが見つかるまで現状を維持することを受け入れなければならなかった。

となると、月々八千円も払っているのに、利用しないのは損という気分がむくむくと頭をもたげてくる。

あまつさえ、出会い系サイトで知りあった男たちからの引く手はあまただった。

一週間、二週間は我慢した。

しかし、三週間目に、最後にもう一回だけ、と思ってしまった。

まさに、そういう心持ちであやまちを繰り返す、麻薬中毒者のように……。

3

「すいません、お邪魔します」

谷山龍一は玄関で派手な色のスニーカーを脱いだ。十八歳の大学一年生。麻奈美より実に十四歳も年下の男である。男の子、と言ってもいいかもしれない。

「アハハ、本当になにもないんですねえ」

龍一は部屋をぐるりと見渡すと、無邪気な顔で笑った。

「そうよ。わたし、嘘はつかないもの」

麻奈美は壁に寄りかかり、腕組みをして龍一を見ていた。相手が年下だとよくやる、大人の女ぶった上から目線だ。

なにしろ相手は十八歳。大学生とは何人も寝たが、彼より若い男はいなかった。おまけに、驚くほどのイケメンで、百八十センチはありそうなほど背が高い。ジーンズにTシャツというラフな装いが、よけいに素材のよさを際立たせている。

（どうしてこんな子が？）

余裕綽々なフリをしていても、麻奈美は内心で焦っていた。なぜこれほど見栄えのする男の子が、出会い系サイトで三十路の人妻と出会わなければならないのだろうか。そんなことをしなくても、いくらでも女の子が寄ってきそうなのに……。

『自分、ずっと昔から年上の女の人が好きなんですよ』

とメールで彼は言っていた。できれば人妻がいい、とも。

『同世代の女って、なんか物足りなくて。ぶっちゃけ……セックスが……』

そんなことをあからさまに言う十八歳は珍しかったので、麻奈美は会うことにしたのである。

「あのう……」

龍一が背中を丸め、上目遣いで訊ねてきた。そんな表情をすると、無邪気を通り越して、あどけなささえ漂ってくる。

「麻奈美さん、本当に嘘はついていないんですね？」

「ええ」

麻奈美は腕組みをしたまま高慢な顔でうなずいた。

「じゃあ、欲求不満っていうのも？」

「本当よ。メールに書いたとおり、夫とはほとんどセックスレスでね」

麻奈美はもう一度うなずき、ブラウスのボタンをはずした。それを脱ぐと、スカートも脚から抜いて、下着姿を披露した。先に大胆な振る舞いをすることで、イニシアチブを握ってしまうつもりだった。

「うわっ……」

龍一が眼を見開いて大きく息を呑む。いいぞ、と思った。予想通りのリアクションに、麻奈美のテンションはあがった。

黒いブラジャーとショーツ、そして揃いのガーターベルトを着けていた。ストッキングはもちろんセパレートタイプで、太腿の部分に赤い薔薇の刺繍《ししゅう》が施されている。

龍一は息を呑み、舐めるような視線を全身に注ぎこんできた。

（そうよ……もっと見なさい……見て興奮しなさい……）

この部屋で不貞な情事に耽るとき、麻奈美はいささか過剰なほど「欲求不満の人妻」になりきろうとする癖があった。そのほうが興奮するからだ。お互い、欲望に忠実に振る舞えるからだ。

勢い、下着の趣味がどんどん派手になっていった。

このガーターベルトを含めた三点セットも買ってはあったが、いままで着ける勇気がわかなかった。ブラジャーの上半分はシースルーだし、ショーツはほとんどバタフライで、繊毛の茂った恥ずかしい丘をかろうじて隠しているだけ。この娼婦じみた最高にエロティックなランジェリーをデビューさせるのなら、十四歳年下の男の子を相手にする今日より相応《ふさわ》しい日はないだろうと、思いきって着けてきたのだ。

「どうしたのよ?」

麻奈美は、眼を見開いて立ちすくんでいる龍一に身を寄せていった。

「まさかこの部屋に、見学だけしに来たわけじゃないでしょう?」

ジーンズの股間に、そっと手を寄せていく。まだそれほど大きな隆起ではない。けれども、おいでおいでをするように指先を躍らせ、隆起をいやらしく撫でまわしてやると、みるみる大きくなっていった。ジーンズの厚い生地越しにも、若々しさが伝わってきた。

「バンザイしなさい」

命じると、龍一は素直に両手をあげた。ほとんど操り人形のような従順さだった。麻奈美は背伸びをして、背の高い龍一からTシャツを脱がした。胸板は広くて厚く、ウエストは引き締まって腹筋が硬そうに浮きあがっていた。

「なにかスポーツをやってるの?」

「とくには……高校のときは、遊び半分でバスケをやってましたけど……」

「ふうん」

それでこれほど引き締まったボディなのだから、若さとは恐るべきものである。

（いまはスポーツより、人妻とのセックスに夢中なのかしら……）

麻奈美は内心でつぶやきつつ、龍一のベルトをはずし、ジーンズを脱がした。グレイのボクサーブリーフは、ストレッチ素材を突き破りそうな勢いでテントを張っていた。

「ずいぶん興奮してるのね？　こんなに大きくして……」

隆起を玉袋のほうからすくいあげ、さわり、さわり、と撫でさする。

「そ、そりゃあそうですよ……」

龍一は首に筋を浮かべ、顔を赤くして言った。

「そんなエッチな下着、グラビアでしか見たことがないですから……」

「こっちに来て……」

麻奈美は龍一の手を引き、ソファに座らせた。両脚を開かせ、その間に膝をついてしゃがみこみ、あたらめて股間の隆起を両手で包んだ。

「ううう……」

龍一の首の筋が、ひときわくっきりとしていく。

「わたしにとってもね、この下着は特別なの……」

麻奈美は隆起を撫でさする手のひらの動きを、熱っぽくした。

「こんないやらしい下着、滅多に着けない。今日はね、とってもエッチな気分なんだ。どんな恥ずかしいことでもしちゃえるように、思いきって着けてみたの……」

龍一がごくりと生唾を呑むこむ。

「ふふっ……」

麻奈美は隆起の先端を人差し指でいじった。

「シミが浮かんできたよ。もう我慢汁漏らしちゃった？」

人差し指で先端をくすぐるようにいじりまわすと、グレイの生地に浮かんだ黒いシミが、じわじわ大きくなっていった。

と同時に、龍一の顔は血を噴きそうなくらい赤くなっていく。股間の刺激に眉根を寄せて悶えては、腰をくねらせて身をよじる。なんていうウブな反応だろう。

「ねえ、どうしてほしい？」

麻奈美は甘くささやいた。

「オチ×チン、舐めてほしいかな？」

「お、お願いします……」

龍一は声を上ずらせながら、小刻みに何度もうなずいた。可愛かった。まったく、背が高いイケメンなのに、好感がもてる初々《ういうい》しさではないか。

こうなったらたっぷりサービスして、めくるめく色欲の世界を味わわせてやろうと、麻奈美はグレイのボクサーブリーフをめくりさげた。

ぶうん、と唸りをあげて、勃起しきった男根が反り返る。

「ああんっ、すごい立派……」

麻奈美は眼を見開いて息を呑んだ。

龍一の男根は、色がまだ白ピンクで、男根というよりペニスと呼んだほうが似合いそうだった。けれども、腹筋より硬そうに隆起した姿はまさしく肉の棒で、若さを誇示するように臍《へそ》を叩きそうな勢いで反り返っている。

舐めたい、という衝動が身の底から突きあげてきた。

この白いくせに逞しいペニスを自分の唾液でネトネトに濡れ光らせ、ウブな十八歳の男の子を悶絶させる場面を想像すると、口の中にはしたないほど生唾があふれた。

ところが……。

麻奈美が肉棒の根元に指をからめ、最初のひと舐めを味わおうとした瞬間だった。

ガチャッ、という金属音が玄関から聞こえてきた。

鍵を開ける音だった。

（……えっ？）

麻奈美は仰天して玄関を見やり、龍一に眼を向けた。よほど慌てた表情をしていたのだろう。危機を察した龍一は、玉袋の下までめくりさげてあったグレイのボクサーブリーフを反射的に引っぱりあげ、勃起しきった男根を隠した。

麻奈美はなにもできなかった。なにしろ狭いワンルームマンションだから、玄関扉を開けられれば部屋の中まで丸見えだ。脱いだ服を着る暇などあるわけがなく、両手で自分の体を抱きしめ、背中を丸めるのが精いっぱいだった。

4

男と女が部屋に入ってきた。

男に見覚えはなかったが、女は知りあいだった。

部屋を一緒にシェアしている七人の主婦仲間のうちのひとりで、名前を仲村佳乃という。年はたしか、二十七、八……。

「嘘でしょ？」

佳乃は呆れた声をあげた。わざとらしいほど眼を丸くして、セクシャルな黒いランジェリーに身を包んだ麻奈美と、ボクサーブリーフ一枚でソファに腰をおろしている龍一を、交互に見た。

「鈴原さんみたいな真面目そうな人が、昼間から若い男を連れこんでるなんて……」

「で、出てって……」

　麻奈美は自分の体を抱きしめたまま、真っ赤になった顔をそむけた。

「今日は水曜日でしょ？　わたしがここを使う日よ。わたしの日なんだから、なにをしてようと勝手じゃないの……」

　情けないくらいに、声が上ずり、震えてしまう。

　佳乃にだけは、こんな場面を見られたくなかった。七人いるメンバーのなかでも、もっとも馬が合わないのが彼女だった。

　佳乃の夫は七十歳近い資産家で、たいして美人でもないくせに、高級ブランド品で身を固め、いい女ぶっている嫌な女だった。そんな振る舞いの根底に、財産目当てで老人と結婚したコンプレックスが見え隠れしているのが痛すぎる。しかも、マンションのひとつやふたつ、個人で借りられる財力があるのに、月々八千円を出しあう慎ましい寄り合いに参加してくるというのも、嫌味以外のなにものでもない。

「早くっ……早く出てってっ……ねえ、出てってってよっ！」

「はあ？　なに勘違いしてるの？　今日は木曜日でわたしの日よ……ほら」

佳乃が携帯電話のカレンダーを向けてくる。

「……えっ？」

麻奈美は顔から血の気が引いていくのを感じた。たしかに今日は木曜日のようだった。今週は月曜日が祝日だったので、曜日感覚がずれてしまっていたのだ。

麻奈美の焦った表情を見て、佳乃も事情を察したらしい。携帯を閉じてバッグにしまった。気まずい雰囲気が狭い部屋を支配した。

「やっぱり、考えることはみんな一緒なのねえ……」

佳乃はクスクスと笑いながら言った。芝居じみた笑い方だった。

「こんななんにもない部屋でひとりでいても、つまらないだけだもんね。男を引っぱりこむしか、することなんてないわよ」

「ごめんなさい……」

麻奈美は額に浮かんだ脂汗を指で拭った。

「たしかに今日は木曜日で、間違ってたのはわたしです。すぐに引きあげますから……」

しかし、脱ぎ散らかしてあった服の方に向かおうとすると、

「待ちなさいよ」

佳乃が立ち塞がった。

「ここで会ったのもなにかの縁じゃない。せっかくだから、四人で愉《たの》しまない？」

「……な、なにを言いだすの？」

麻奈美は頬をひきつらせたが、佳乃はかまわず続けた。

「ふふふっ、そんなエロい下着着けてやる気満々だったくせに、いまさら気取らなくていいじゃないの。四人で組んずほぐれつしましょうよ。これからラブホに移動するのも、興醒めでしょう？　もう、あそこをびっしょに濡らしてるんじゃない？」

「じょ……」

冗談はやめて！　と叫ぼうとした麻奈美の気勢を削《そ》ぐように、パチパチパチと拍手の音が鳴った。佳乃が連れてきた男が手を叩いていた。

「そりゃいい。４Ｐをするなら、僕もぜひ参加したいものだ」

「ね。いいアイデアでしょう？　西島さん」

佳乃に西島と呼ばれた男は、四十代半ば。スーツもネクタイも品があり、いかにも有能なビジネスマンの雰囲気だったが、広い額に銀縁メガネをかけた顔は、頭がよさそうであると同時に、ひどく好色そうだった。

「ねえ、キミは？」

佳乃が龍一に訊ねた。

「鈴原さんとどういう知り合いか知らないけど、どうせ出会い系かなにかで知りあったセフレでしょ？　体だけの関係でしょ？　だったら、四人で愉しんじゃわない？」

「はあ、超興味あります」

龍一が飄々《ひょうひょう》と答えたので、麻奈美の心臓は停まりそうになった。まさか龍一が……ブリーフの上から股間を撫でられただけで顔を真っ赤にしていたウブな十八歳が、それほど簡単に佳乃の誘いに応じるとは夢にも思っていなかった。

（馬鹿な誘いに乗らないで……）

キッと眼を吊りあげて龍一を睨んだ。佳乃は意地の悪い女で、普段からなにかにつけて麻奈美にからんでくるところがあった。だからタチの悪い冗談で、狼狽えさせようとしているだけなのだ。

だが龍一は、麻奈美の鋭い視線を涼しい顔で受けながした。それどころか、麻奈美を指差して、佳乃に向かって言い放った。

「この奥さん、今日は特別エッチな気分らしいです。だから、こんなエロすぎる下着を着けて……実は僕ひとりで満足させられるのか、ちょっと自信がなかったんですよ。なんかものすごい貪欲そうだから、はっきり言ってビビッてました」

姿の麻奈美をとらえる。

　佳乃が淫靡な笑みをこぼして、西島とうなずきあう。龍一も加わった三人の視線が、下着
「ふうん、そうだったの」

「ま、待ってて！」

　麻奈美は泣き笑いのような顔で、首を横に振った。両手まで振っていた。タチの悪い冗談
も、瓢簞《ひょうたん》から駒《こま》で現実になってしまうことがないとは言えない。

「わたしは乱交なんてお断りよ。そんな趣味はありません。やりたかったら、あなたたちだ
けでやればいいいじゃない！」

　麻奈美の声はどこまでも悲痛に響き、残りの三人の表情は刻一刻と欲情に脂ぎっていく。

「もしかすると……」

　西島が指で顎をさすりながら言った。

「彼女はものすごい照れ屋さんなんじゃないのかな？　強引に誘われるのが好きなタイプな
のかもしれない」

「そうね……」

　佳乃が澄ました顔でうなずく。

「こんないやらしい下着を着けてるくせに、乱交に興味ないわけないものね。キミもそう思

うんでしょ？」

「はい」

龍一がニヤニヤ笑いながらうなずく。

三人が、じりっと間をつめてくる。

「や、やめてっ……」

麻奈美は顔をひきつらせて後退《あとずさ》ったが、狭い部屋だった。すぐに背中が壁にあたり、三人が息のかかる距離まで迫ってきた。六本の腕で襲いかかられた。麻奈美は抗うこともできないまま、床の絨毯にあお向けで押さえこまれてしまった。

5

「ちょ……やめてっ……離してっ……」

麻奈美はジタバタと手脚を動かしたが、多勢に無勢だ。男ふたりに両サイドからむしゃぶりつかれると、もうダメだった。片方ずつ脚を取られた。じりっと両膝を割られ、あっという間に恥ずかしいM字開脚にされてしまう。

「いっ、いやあああっ……んぐっ！」

悲鳴をあげた口に、佳乃がエルメスのスカーフをねじりこんできた。

「悲鳴をあげるなんて興醒めよ。いやらしい声ならいくらあげてもいいけどね。あなたが恥をかくだけだから……」

佳乃は言いながら、麻奈美の乳房に両手を伸ばしてきた。ブラジャーの上から、むぎゅむぎゅと揉んできた。

「いやあんっ、すごい大きなおっぱい。羨ましいほどの巨乳ね。わたし、Bカップの微乳だから……」

「んんっ！　んぐぐっ……」

同性に性感帯をまさぐられるおぞましさに、麻奈美は真っ赤になった。しかし、愛撫を開始したのは佳乃だけではなかった。龍一と西島も、ガーターストッキングの上から脚を撫でまわしてくる。ナイロンに包まれた太腿を、撫でては揉み、揉んでは撫でる。無惨に開かれ、黒いショーツの食いこんでいる股間を眺めては、ニヤニヤと笑う。

（こんなっ……こんなのっ……）

乱交でも4Pでもなく、レイプだと思った。三人がかりで寄ってたかって、自分ひとりを辱めているだけではないか。

「わたし、一度でいいから人のセックスを見てみたかったのよね。それも、鈴原さんみたいに、気取った美人奥様のセックスを……」

佳乃がブラジャーに包まれた双乳を揉みながらつぶやけば、

「じゃあ、こういうのどうです？」

龍一がナイロンに包まれたふくらはぎに頬ずりしながら言った。

「まずはこの奥さんを、三人がかりでイキまくらせるっていうのは？　後ろから前から責めちゃって……」

「ククク。キミ、若いのにスケベだねえ」

西島が卑猥に笑う。

「僕はそれでいいけど、あなたは？」

「わたしも賛成」

佳乃は麻奈美のブラジャーのホックをはずした。黒いカップをめくり、白い乳房がこぼれだすと、毒々しい真っ赤なネイルが施された指先を、躊躇うことなく乳肉に食いこませてきた。

「うんぐっ……うんぐーっ！」

いまにも泣きだしそうな顔で悶える麻奈美を見て、三人は脂ぎった笑みをこぼした。

「下も脱がしちゃいなさいよ」

佳乃は尖りかけた乳首をコチョコチョとくすぐりながら、龍一と西島に言った。ふたりがうなずき、ショーツに手をかける。

（やめてっ……本当にもうやめてええええーっ！）

麻奈美は火事場の馬鹿力を出して暴れようとしたが、その気持ちはすぐに潰《つい》えた。佳乃が左右の乳首をつまんで、ぎゅうっとひねりあげてきたからだ。

「うんぐっ……ぐぐぐっ……」

麻奈美はブリッジするように背中を反らした。

相手は年下の、鼻持ちならない女だった。しかし、同性だけあって、女の性感帯の扱いをよくわかっている。耐え難い痛みに襲いかかられたと思った次の瞬間、指先はソフトに乳首を転がしてきた。指に唾液がつけられ、乳首をくりくりともてあそばれると、いても立ってもいられなくなった。

悶絶しているうちに、ショーツは奪われてしまった。

剝きだしになった女の花を、龍一と西島が眼を爛々《らんらん》と輝かせてのぞきこんでくる。

（見ないでっ……み、見ないでええええーっ！）

心の中でどれだけ悲痛に叫んでも、彼らに届くわけがない。開いた脚を閉じようとしても無理だ。あられもなくさらけだされた女の花に、熱い視線が注ぎこまれる。

「むむっ、こりゃあ具合のよさそうなオマ×コだ……」

西島は親指と人差し指を女の割れ目にあてがい、輪ゴムをひろげるようにぐいっと割りひろげてきた。

「びっしり肉ひだがつまってて、いかにも締まりがよさそうじゃないか」

さらけだされた体の内側まで、熱い視線を注ぎこんでくる。

「花びらが黒ずんでるのに、中が薄ピンクっていうのがエロいですね」

龍一も鼻息を荒げていた。

「さすが人妻というか、なんというか……」

「しかも、もう濡れてるぜ」

西島が割れ目を閉じては開き、開いては閉じる。涎じみた発情のエキスがタラーリとアヌスのほうに垂れていくのが自分でもわかり、赤く染まった麻奈美の顔は羞じらいに歪んだ。

「ホントだ。びしょびしょじゃないですか」

龍一が薄桃色の粘膜をいじった。軽く叩くように触れられると、猫がミルクを舐めるようなぴちゃぴちゃという音がたった。

「おおっ、すごいぞ。びしょびしょなのに、指に吸いついてくる……」

「うんぐっ！　うんぐぐぐうーっ！」

浅瀬でヌプヌプと指を出し入れされ、麻奈美はちぎれんばかりに首を振った。目頭が熱くなり、視界が涙に曇ってくる。いまにも泣きじゃくってしまいそうだったが、こんな状況で泣き顔を見せるのは恥辱以外のなにものでもない。

それに、泣いたところで、彼らが狼藉《ろうぜき》の手を緩めるとも思えなかった。嵩《かさ》にかかって、ひときわ淫らに責めてくるだけに決まっている。

「ねえ、クリは？」

乳首をいじっていた佳乃が、肉の合わせ目に手を伸ばした。クリトリスのカヴァーを剝き、繊毛の中に隠れていた女の急所を剝きだしにする。

「ぐぐぐっ……」

悶える麻奈美を尻目に、

「いやんっ、可愛いクリッ！」

佳乃ははしゃいだ声をあげ、カヴァーを被せては剝き、剝いては被せてきた。

「人妻なのに、小さめですね」

龍一が言えば、

「小さいほうが感度が高いってこともある」

西島が訳知り顔でニヤニヤ笑う。

（いっ、いやっ……いやあああああーっ！）

三人の熱い視線が剝き身の真珠肉に集中し、麻奈美は胸底で悲鳴をあげた。女の秘部中の秘部を見られることそのものも恥ずかしかったけれど、視線を感じたクリトリスがツンツンに尖っていくのがなお恥ずかしい。

西島にふうっと息を吹きかけられると、物欲しげにぷるぷると震えだしたのがはっきりとわかった。恥辱のあまりジタバタと脚を動かしても、男ふたりに押さえつけられていてはどうすることもできない。ガーターストッキングからはみ出した白い腿肉が淫らがましく波打つだけで、よけいにみじめな姿をさらす。

「しかし、たまらん眺めだな……」

西島はごくりと生唾を吞みこみ、花びらを引っぱった。

「それに、異常な濡れ方ですよ、これは。泣きそうな顔してるくせに感じてるんですね、このドスケベ奥さんは……」

龍一はぴちゃぴちゃと音をたてて粘膜をいじりながら、アヌスにも指を伸ばしてきた。そんなところまでネトネトに濡らしているのが恥ずかしかったが、麻奈美は次の瞬間、頭が真っ白になった。

佳乃がクリトリスをいじってきたからである。

カヴァーを剝いては被せているだけでは飽きたらず、ネイルの施された細指で、女の官能を司る肉芽をねちねちと転がしてきた。

（やっ、やめてっ……許してっ……）

麻奈美は恥ずかしいM字に開かれた両脚を、ぶるぶると震わせた。花びらとアヌスとクリトリスを、別々の指にいじられる衝撃は尋常ではなかった。おぞましさを覚えると同時に、強引に、力ずくで、眠っていた性感を叩き起こされる。体の奥が妖しくざわめきだす。蜜壺から獣じみた匂いのする発情のエキスがしとどにあふれ、全身から甘ったるい匂いのする汗が噴きだしてくる。

（イッ、イクッ……こ、こんなのイッちゃうっ……）

麻奈美が眉根を寄せてよがり始めると、三人は股間だけでなく、女体が有するありとあらゆる性感帯を刺激してきた。したたかに指を食いこませて太腿を揉まれ、ストッキングを穿いた状態で足指を舐められた。腋の下にも舌が這い、耳に熱っぽい吐息が吹きかけられた。乳房を揉みしだかれては、乳首を吸われた。

そうしつつも、股間の三点責めは淫らさを増していく一方で、蜜壺はおろか、アヌスにまで指が入ってくる。ねちねち、ねちねち、クリトリスを転がす細指は、同性だけにツボをしっかりと心得ていて、こともなげに麻奈美を絶頂まで追いつめた。

「うんぐっ！　ぐぐぐぐーっ！」

麻奈美はもう、自分で自分をコントロールできなかった。五体をぎゅうぎゅうとよじって悦惚をむさぼり、眉根を寄せた恥ずかしい顔で悶えに悶えると、糸の切れた操り人形のように、ガクンと体を弛緩させた。

「……イッたみたいね」

佳乃が意地悪げに片頬をもちあげて笑うと、

「ずいぶん簡単にイクんですね、さすが欲求不満の人妻だ」

龍一も、十四歳年上の麻奈美に軽蔑まじりの失笑を浴びせた。

「まあ、クリのいじり方もうまいんだろう。女同士なんだから」

西島も笑っている。

「ねえねえ、面白いから、連続で何回イケるかやってみない」

佳乃が空恐ろしい提案を口にし、

「いいねえ」

「やりましょう、やりましょう」

西島と龍一はふたつ返事で話に乗った。

（やっ、やめてっ……）

麻奈美はまだ、オルガスムスの余韻が覚めやらず、五体の肉を小刻みに痙攣させていた。絶頂する姿をさらしてしまった恥辱に打ちのめされている暇もなく、股間に再び、三人の手指が戻ってくる。

「うんぐっ……ぐぐぐぐううううううーっ！」

一度イッてしまった体は、触られると泣き叫びたくなるくらいくすぐったかったけれど、しばらくすると喜悦の感覚が戻ってきた。くすぐったささえ刺激になって、次の絶頂を目指しはじめた。

（た、助けてっ……）

麻奈美は戦慄するしかなかった。感覚が戻ったどころか、クリトリスの感じ方が倍増していた。赤剝けになってしまったかのようにひりひりし、ねちりと軽く転がされただけで頭の芯まで響いてくるような、すさまじい快美感が訪れる。

二度目の絶頂がやってきた。

三度目はもっと早かった。

麻奈美は五体の肉という肉を歓喜に痙攣させながら、そんな自分を嘲笑《あざわら》っている三人の視線に嬲られ、恥辱の際に立たされた。肉体に訪れる快感は抗いようもなく、けれども絶頂に達する姿を笑われるのは、身をちぎられるほど恥ずかしい。

（罰よ……これは罰なんだわ……）

麻奈美はいつしか「えっ、えっ」と嗚咽をもらし、少女のように泣きじゃくっていた。これは夫を裏切った罰なのだ。調子に乗って浮気ばかりしていたことを神様が見ていて、お怒りになられたのだ。

そうとでも考えなければ、ここまで理不尽な目に遭わされる理由がわからなかった。

6

気がつけば、四つん這いにされていた。

乳房も股間も丸出しで、黒いガーターベルトとガーターストッキングだけを着けた娼婦さながらの格好をして、獣のポーズを強いられていた。

口につめられたスカーフはいつの間にか抜けていたが、麻奈美はもう拒絶を示す悲鳴をあげなかった。口からあふれるのはただ、歓喜に打ち震える艶やかな嬌声ばかりである。

「あぁうううっ！　し、染みるっ！　染みちゃううううっ……」

四つん這いで突きだしたヒップの中心を、西島に舐められていた。指先で数えきれないほどイカされた部分に、生温かい舌の感触は涙が出るほど痛烈だった。

「すごいですよ、奥さん。オマ×コが舌を吸いこもうとしますよ」

西島は舌先を尖らせて、割れ目にヌプヌプと出し入れさせた。その刺激が、薄桃色の肉ひだをひくひくと震わせる。たしかに吸いこもうとしていた。舌でもいいから奥まで入ってきて掻きまわしてほしいと、蜜壺が悲鳴をあげている。

「舐めてくださいよ」

龍一はグレイのボクサーブリーフを脱ぎ、勃起しきった男根を露わにすると、膝立ちになってそれを麻奈美の鼻先に近づけてきた。

「奥さん、舐めるのうまいんでしょう？　さっき自信満々で僕のチ×ポを咥えようとしてましたもんね」

「ううう っ……」

麻奈美は恥辱に顔をひきつらせたが、唇を噛みしめることもできなかった。女の割れ目を西島に舐められているせいで、口を閉じることができない。できることはただ、発情した牝犬のようにハアハアと息をはずませながら、ピンク色の舌を差しだすことだけだった。

首を伸ばし、ねっとりと裏筋を舐めあげると、

「むむっ……」

龍一は腰を反らして息を呑んだ。

「気持ちいいですよ、奥さん。でも、もっと本気出してやってください」

麻奈美の右手を取り、そそり勃った肉棒の根元に導いた。

「ああっ……あああっ……」

麻奈美はあえぎながら男根の角度を調整し、ねろり、ねろり、と亀頭に舌を這わせた。

フェラチオは嫌いではなかった。うまいと褒められると嬉しいし、実際に褒められることも多い。

しかしいまは、四つん這いで突きだした尻の間を舐められているのだ。シックスナインではなく、別の男にクンニリングスを受けながらフェラチオをするのは、途轍もない背徳感に駆りたてられた。

「うんんっ……うんあああっ……」

それでも必死になって舌を躍らせ、時に亀頭を口に含む。若い龍一の男根は貫禄のない白ピンクだったが、唾液に濡れ光っていくほどに卑猥な偉容を放ちだす。

（ああっ、欲しいっ……この逞しいもので貫いてほしいっ……）

根元をすりすりとしごきながら、欲情の涙で濡れた瞳で見つめてしまう。突きだしたヒップの中心は火がついたように熱く燃えあがっていて、それを鎮めるためには男根で貫いてもらうしかない。貫かれ、突きあげられればきっと、いままで到達したことがない恍惚の彼方にまで飛翔できるに違いない。

「まったく、よく濡れるオマ×コだ……」

背後で西島が言った。

「フェラを始めてひときわマン汁があふれてきたよ。そろそろ入れてほしいか？　こっちも我慢の限界だ……」

「ああっ、入れてっ……入れてちょうだいっ……」

麻奈美は首をひねって振り返った。西島は服を脱いでいるところだった。ブリーフまで一気に脱ぎ、中年らしく黒光りした男根を見せつけてきた。

「なにが入れてちょうだいよ」

佳乃が吐き捨てるように言った。この部屋で服を着けているのはもう、彼女ひとりだけだった。

「さっきまで嫌がるフリしてたくせに……鈴原さんが、こんなにドスケベのド淫乱だったなんて、夢にも思わなかった」

ピシッ、と尻を叩かれ、

「あううっ！」

麻奈美は四つん這いの身をよじった。年下の女に尻を叩かれるという屈辱的な仕打ちさえ、全身で発情しているいまは心地がいい。

「謝りなさい、鈴原さん。オマ×コ大好きなくせに、真面目ぶっていてごめんなさい、ってね。そうじゃないと、西島さんのおチ×ポも、龍一くんのおチ×ポも、わたしがいただいちゃうわよ」

ピシッ、ピシッ、と尻を叩かれ、

「あううっ……許してっ……許してくださいっ……おチ×ポ欲しいっ……おチ×ポ欲しいのおおおおっ……」

「ドスケベのド淫乱でごめんなさいでしょ」

「ド、ドスケベッ……ドスケベのド淫乱でっ……ご、ごめんなさいっ……」

麻奈美は尻を叩かれながら、これ以上なくみじめな言葉を口にした。相手は年下の、鼻持ちならない女だった。それでも抗うことができないのは、彼女のよく動く細指で、何度となく絶頂に昇りつめさせられたからに違いない。

「ああっ、ごめんなさいっ……ドスケベ、ド淫乱な女でごめんなさいっ……欲しいのっ……オマ×コしてほしいのっ……あああっ……」

「よーし、いくぞ……」

西島が勃起しきった男根を、びしょ濡れの割れ目にあてがってきた。

「あああっ……あああっ……」

花びらに亀頭の存在を感じただけで、麻奈美は身震いがとまらなくなった。ヌルヌルとこすれあう感触が、背中に喜悦の震えをぞくぞくと走らせていく。

「むううっ……」

西島が腰を前に送ってくる。鋼鉄のように硬くみなぎった男根が、濡れた肉ひだを掻き分け、掻き分け、ずぶずぶと奥に入ってくる。呆れるほどの野太さに、息がとまってしまう。

「はっ、はぁあああああーっ！」

ずんっ、と最奥を突きあげられると、麻奈美は四つん這いの五体をよじって獣じみた悲鳴をあげた。その衝撃は、すさまじいものだった。ヒップの中心から頭のてっぺんまで、痺れるような快美感が走り抜けた。稲妻に打たれたようだった。

「むううっ……むううっ……」

西島はすぐに抜き差しを開始した。突きあげられる快美感が脳天まで届いたと思うと、体全体がめくり返されるような衝撃がそれに続いた。逞しく開ききった肉傘で、濡れた肉ひだを逆撫でされ、掻き毟られる。ぎゅっと眼をつぶると、歓喜の熱い涙が頬を伝い、瞼の裏で金と銀の火花が散った。

「ああっ、いやあっ……いやいやいやあああっ……」

正気を失ってしまいそうな快感に、たまらず首を横に振ると、

「なにがいやよっ！」

佳乃がスパーンッと尻を打ってきた。先ほどまでとはまるで違う、本気の平手打ちだった。

「自分からお尻を振ってるド淫乱のくせに、生意気なこと言うんじゃないわよっ！」

スパーンッ、スパーンッ、と続けざまに尻を打たれる。見なくても、素肌に真っ赤な手のひらのあとが残っていることが確信できる。

「あああっ……あああっ……」

麻奈美は焦点を失った眼を泳がせた。感じたのは、痛みだけではなかった。手のひらが尻丘にヒットした瞬間、蜜壺がぎゅっと締まった。ただでさえ野太い男根を咥えこまされているのに、濡れた肉ひだがさらに食い締めたのだ。尻の表面の痛みよりも遥かに強烈に、眼も眩むような密着感が訪れ、麻奈美は半狂乱になった。

「はぁううっ……はぁううっ……はぁうううっ……」

ずちゅっ、ぐちゅっ、ずちゅっ、ぐちゅっ、という恥ずかしい肉ずれ音に、スパーンッ、スパーンッ、と尻を叩く乾いた音が交錯する。熱狂が訪れる。

「はぁああっ、いいっ！　いいぃいいいいいいいっ……」

麻奈美はみずから腰を動かし、ヒップを突きだした。ふたつの尻丘が赤々と腫《は》れあがって

いるのは火を見るよりも明らかだったが、もっと叩いてと願わずにいられなかった。

「よがってばかりいないで、そろそろこっちもしてくださいよ」

龍一が涎まみれの麻奈美の顎を持ち、よがり顔をあげさせた。邪悪に眼を光らせて、そそり勃った男根を麻奈美に唇に近づけてくる。

「いっぺんに二本のチ×ポが味わえるなんて、女冥利に尽きますね……ククッ……」

「うんぐうっ！」

若いペニスを強引に口に咥えこまされ、麻奈美は眼を白黒させた。西島が後ろから連打を放ってくるせいで、ハアハアと息があがっている。口での呼吸を遮られると、一瞬、意識が遠のきそうになった。

「ちゃんと舐めてくださいよ、ドスケベ奥さん……」

龍一はあろうことか、腰まで使ってきた。酸欠状態に陥っている麻奈美の口を、怒濤のピストン運動で犯してきた。唇がめくりあげられ、亀頭が喉奥まで侵入してくる。

「うんぐっ……うんぐぐぐっ……」

上下の口を二本の男根で塞がれた麻奈美は、もはやなす術もなく翻弄されることしかできなかった。蜜壺と口を犯す別々の律動に揉みくちゃにされ、ヒップの丘にはしたたかなスパンキングを浴びている。龍一は深々と口唇に男根を入れては、乳房にまで手を伸ばし、力まかせに揉みしだいてくる。

たまらなかった。

これほどの愉悦がこの世に存在していたことを、麻奈美はいま、生まれて初めて体で知っていた。呼吸が苦しく、意識がどんどん朦朧《もうろう》としていくのに、肉の悦びだけがどこまでも峻烈になっていく。五体の肉という肉が細胞レベルで歓喜して、女に生まれてきた悦びを謳歌している。

（……えっ？）

眼の前が白く光った。

恍惚の光ではなかった。

佳乃がデジカメのストロボを焚いたのだ。レンズはもちろん、ふたりの男を相手に盛っている麻奈美に向いていた。

「ふふっ、とってもスケベな艶姿《あで》よ」

佳乃は笑い、しつこくシャッターを切ってくる。ストロボの白い光が、淫らな汗にまみれた四つん這いの肢体を照らしだす。

「でも、こんなもの撮られちゃったら、もうわたしには逆らえないわね。オマ×コ舐めろって言われたら舐めるしかないし、おしっこ飲めって言われたら飲むしかないわね……」

「ぅんぐっ！　ぅんぐぐっ……」

麻奈美は鼻奥で悶え泣き、長い睫毛《まつげ》を震わせて熱い涙をボロボロとこぼした。

しかし、それはもはや、恥辱に対する涙ではなかった。

（ああっ、すごいっ……こんなのっ……こんなにいいの初めてっ……）

佳乃の暴挙も気にならないほど、麻奈美は二本の男根が与えてくれる快感に夢中になっていた。これほどの快感を与えられるなら、鼻持ちならない女の股間を舐め、ゆばりさえも飲んでしまうかもしれない。

「むううっ、そろそろ出すぞっ……」

西島ががっちりと腰をつかみ、抜き差しのピッチをあげた。パンパンッ、パンパンッ、と尻肉をはじいて、野太く勃起した男根で突きあげてくる。

「こっちもっ……こっちも出ますっ……」

龍一が麻奈美の頭をつかんで、ぐいぐいと腰を使う。唾液まみれの唇をめくりあげては、喉奥まで亀頭を送りこんでくる。

（ああっ、出してっ……一緒に出してっ……）

麻奈美はぶるぶるっ、ぶるぶるっ、と身震いしながら、迫りくるオルガスムスの大きさにおののいていた。このまま二本の男根が同時に射精に到達すれば、その向こうにある恍惚は眼も眩むほどの熱量であるに違いない。

想像しただけで五体の肉という肉が痙攣し、身をよじらずにはいられなかった。

きつく閉じた瞼の裏に、一瞬、夫の顔が浮かびあがった。

愛する男の姿を見ても、眼の前の恍惚は魅惑的な威光を失わず、ますます輝きを増して、麻奈美を呑みこんでくる。

(ごめんなさい、あなた……)

麻奈美は尻を振りたてて西島の男根を食い締め、口に含んだ男根をしたたかに舐めしゃぶった。たしかに女冥利に尽きる。瞼の裏にはもう夫の姿はなく、オルガスムスへの階段を一足飛びに駆けあがっていった。

第五話　奪われる女

1

どんな世界でもナンバーワンになるのは難しい。

とはいえ、どんな世界にもナンバーワンはかならず存在するし、まばゆいばかりのオーラを放って、ナンバーツー以下を照らしているものである。

華木玲奈は『アンジェラス』というキャバクラのナンバーワンだ。

銀座や六本木の店ではない。

冬になると一面が銀世界になる雪国で営業しているキャバクラだった。

とはいえ、界隈《かいわい》ではいちばん高い料金をとるし、客筋もいい。地元の名士や財界人も足繁く通うその店で、玲奈はもう五年以上、ナンバーワンを張りつづけている。

玲奈はつまり、『アンジェラス』の顔だった。『アンジェラス』の顔ということは、その町の夜の世界を代表する女ということである。ネオン街を歩いていると、他店の黒服にも丁寧にお辞儀される。

「いらっしゃいませ」

美しいドレスに身を包んだ玲奈が微笑をたたえて隣の席に腰をおろせば、頬のほころばない男はいない。

綺麗な卵形の輪郭をした顔に、猫のように大きな眼。筋の通った小高い鼻、サクランボを思わせる肉感的な唇。肌が抜けるように白いので、栗色の髪をカールしてドレスを着れば、まるで西洋人形だ。スタイルもいい。手脚が長く、すらりとしているのに出るところはきっちり出ていてメリハリがある。要するに、異性を惹きつけ、同性の欲しがるもの、すべてをもって生まれてきているのだ。

加えて、物腰は柔らかく、聞き上手だから、ナンバーワンにならないほうがおかしい。『アンジェラス』には、玲奈が席につくとかならず接待が成功するという伝説があった。プロポーズをして断られた男の数が百人以上というのも、また伝説だ。

「玲奈ちゃん、本当に彼氏はいないのかい？」

岸本寿太郎がワイングラスをまわしながら訊ねてきた。地元に本社をもつ酒造メーカーの会長で、七十を超えているのに健啖な紳士だ。

「はい。玲奈はみんなのものですから」

にっこり笑って答えると、岸本はまいったなあという顔で笑った。

「また、それだ。いつだってその台詞で誤魔化される。しかし、僕はこの店に通いはじめてかれこれ三、四年になるよ。その間、ずーっと彼氏がいないなんて、そんな馬鹿なことはないだろう？」

「ありますよ。ずーっといませんから」

「なあ、頼むから本当のところを教えてくれよ。もう愛人になってくれなんて野暮なことは言わん。だがね、うちの息子との縁談は真剣に考えてほしいんだ。気はやさしくていい男なんだが、晩年に授かった子供だからいささか甘やかして育ててしまった。玲奈ちゃんみたいな子が嫁に来て内助の功を発揮してくれれば、我が社も安泰なんだが……」

「ダメですよぉ。玲奈はみんなのものですから、お嫁には行けません」

玲奈がやはり、にっこり笑って答えると、

「うーん」

地元では顔役の岸本も、腕組みをして唸るしかない。

別の席に呼ばれて移った。

杉内卓也が眉間に皺を寄せて水割りを飲んでいる。彼は三十代前半。東京のゼネコンに勤めているエリートだが、この町に大規模マンションを造るために出向してきている。

「どうしたんですか？　難しい顔して」

玲奈が鈴を鳴らすような声で訊ねると、

「ついに東京に戻ることになりそうなんだ……」

杉内は絞りだすような声で答えた。

「本社に戻れば、課長に昇格できるっていう内示も受けとった……」

「ええっ？　それじゃあお祝いじゃないですか」

玲奈ははしゃいだ声をあげたが、

「待ってくれ」

杉内はますます声を低くして言い、

「だから……だから最後に、玉砕覚悟でチャレンジしてみる……」

鞄から黒いベロアの生地の小さな箱を取りだした。中に指輪が収まっていた。大粒のダイヤがキラキラと輝いていて、玲奈は眼を丸くした。

「頼む、結婚してくれ」

杉内はダイヤの箱をテーブルに置くと、自分の両膝をつかんで深々と頭をさげた。

「玲奈ちゃんみたいな素敵な子は、東京でも見たことがない。連れて帰りたいんだ。誓って言うが、幸せにする。これからの人生、玲奈ちゃんを幸せにするために捧げさせてくれ」

「もお、顔をあげてくださいよぅ」

玲奈は深い溜息をついてダイヤの指輪を見た。

「こんなもの買ってきちゃって……高かったでしょう？」

「貯金をほとんど全部叩《はた》いた。でも、そんなことはどうでもいい……」

杉内は眼を血走らせて訴えてきた。

「玲奈ちゃんも、そろそろ三十歳だろう？」

「やだ、まだ二十七です」

「二十七から三十なんてあっという間さ。いい加減、将来のことも考えたほうがいい。もちろん、ここでナンバーワンを張ってるほうが経済的には恵まれてるだろうけど、水商売なんていつまでもできる仕事じゃないし……」

「そうですね……」

玲奈は微笑をたたえてうなずいた。

「たしかに、わたしもそろそろいい年だし、いつまでこの仕事ができるんだろうって、考えちゃうこともありますけど……」

「そうだろ？　何事にも潮時ってもんがある。だから一緒に東京に……」

杉内は身を乗りだしてきたが、

「ごめんなさい」

玲奈は丁寧に頭をさげた。

「でもわたし、いまは結婚なんて考えられないんです」

「どうして？」

杉内が泣きそうな顔になる。常に自信満々でエリート然としている彼も、玲奈の前では形無しだった。

「本当は男がいるのかい？　いつも『玲奈はみんなのものですから』なんて言ってるけど、本当は……」

「いませんよ、わたしには誰も……」

玲奈は眼を細めて首を振った。

「わたし、この仕事が好きなんです。この町も大好き。お店にもお客さんにも可愛がってもらってますし……」

「どうしても、ダメか？」

「……ごめんなさい」

玲奈がもう一度頭をさげると、杉内は目頭を押さえて水割りを一気に飲み干した。それでもこみあげてくるものを抑えきれず、おしぼりを顔にあてて嗚咽をもらす。

（ホントにもう、どうするんだろうこの指輪……）

玲奈は箱の中で輝いているダイヤを眺め、胸底で深い溜息をついた。

何度経験しても、プロポーズを断ることには慣れないし、ましてやダイヤの指輪まで用意されては、罪悪感が疼くというものだ。

プロポーズだけではなく、玲奈にはスカウトの声も多くかかった。比較的近場にある繁華街のキャバクラや高級クラブはもちろん、東京の一流店からも破格の待遇で何度となく誘いを受けていたが、一度として首を縦に振ったことはない。

理由は簡単だった。

本当は男がいるからだ。

店にも客にもひた隠しにしているけれど、玲奈には男がいる。

極道、いや、元極道と言ったほうが正しいだろうか。

素性の悪い男だし、本気で愛しあっているのかと訊ねられると首を傾げてしまうけれど、とにかく彼がいる限り、どれだけ条件のいい結婚話でも受けることはできないし、この町を離れることもできなかった。

2

岩手県盛岡市の中心部から、クルマで一時間弱のところにある農村地帯で、玲奈は生まれた。

実家は農家ではなく村にひとつしかない薬局で、玲奈は三男二女の末っ子だ。子供のころから評判の美少女だったから、まわりの寵愛を一身に受けて育った。

高校を卒業すると、盛岡にオープンしたばかりの小さなセレクトショップに就職した。アパレル関係のショップ店員になるのが少女時代からの夢で、盛岡ではもっとも大きい百貨店から内定を得ていたのだが、そのセレクトショップがオープンするという情報を得て心変わりしてしまった。

東京の有名ショップの系列店で、流行りのブランド服や小物がずらりと勢揃いし、北東北ではその系列店ができるのは初めてだったのだ。

待遇は百貨店のほうがずっとよく、両親も学校の先生もそちらを強く推してきたけれど、十八歳の玲奈の眼には、地方のデパートのラインナップよりセレクトショップのそれのほうがずっと魅力的に見えた。

本当に素敵な服ばかりが並んでいた。

高くない給料のほとんどは、社員割引で購求する洋服代に消えていった。美容院に行き、指をネイルで飾り、コスメを揃えると、昼食代にも事欠く有様だった。服の値段は東京と一緒でも、給料は地方を基準にしていることが恨めしかった。

それでも着道楽はやめられず、服を買うお金を稼ぐために、二十歳になるとキャバクラでアルバイトを始めた。

それが水商売との出会いだった。

お酒もおしゃべりも苦手ではなかったので仕事は苦にならなかったが、なにしろ家が遠かったので大変だった。

午前一時に仕事が終わると、店のボーイが女の子をクルマに乗せて順繰りに送ってくれるのだが、いちばん遠い玲奈の家に着くのは午前三時に近かった。

もちろん翌朝は仕事で七時には起きなければならなかったから常に極端な寝不足で、毎晩帰りが遅いので何度も親に叱られた。

しかたなく町中にアパートを借り、ひとり暮らしを始めた。

本末転倒の始まりでもあった。

お金がないからアルバイトをしていたはずなのに、アルバイトを続けるためにひとり暮らしの生活費まで余分に稼がなければならない。加えて、キャバクラでは普段とは違うオシャレができるので、欲しい服の幅もひろがった。もちろん、ネイルや化粧にも手は抜けない。

やがて借金に手を出した。

それも、カードをもっていなかったので、店に出入りしていた闇金融業者だ。

最悪だった。

「ええっ？　携帯の料金が払えなくてとまりそう？　そりゃあまずいじゃん。キャバ嬢にとっちゃいちばん大切な商売道具だろ」

八重樫修はそう言って二万円貸してくれた。正確には先に利息をとって、玲奈に渡してきたのは一万八千円。

「十日後に二万円返してくれればいいから。簡単だろ？」

「ありがとう。助かるよ」

闇金融業者とはいえ、八重樫は玲奈と年が近く、性格もヘラヘラした男だったので、友達に借りるようなノリだった。貸してくれたお金を、自分の財布から出したところも、そんな雰囲気の後押しをした。

しかし、八重樫はたしかに闇金の男だった。

玲奈は携帯電話の代金を支払うために切羽つまっていたし、世間知らずだったので相当あとまで気づかなかったが、十日で一割の利息といえば、トイチと言われる悪徳もいいところな高利貸しである。

無知とは恐ろしいもので、玲奈はしかし、それで借金の味を覚えてしまった。

セレクトショップからの給料と、キャバクラからの給料、それに加えて、三つ目の財布ができてしまったような感覚だった。

なにしろ、利子さえ払えば、二万でも三万でも、すぐに貸してくれる。電話一本かけるだけで、八重樫は原付バイクに乗ってすぐにお金を届けにきてくれた。キャバクラでの指名が増えてきたころだったので、五万、十万と借りても問題なく返すことができた。玲奈はトイチ闇金の優良客だった。

だから、どうして一年後に借金が三百万円にもふくれあがってしまったのか、自分でもよくわからない。

たしかに服は買いまくっていたけれど、そのぶんキャバクラで稼いでいたはずだから、やはりトイチの利息が大きかったのだろう。

また、昼夜の給料の合計が七、八十万になると、玲奈自身の金銭感覚も徐々に狂っていった。いつでも返せると思えばいつまでも返さないのが人間の性《さが》らしく、返金を面倒くさがっているうちに利息が雪だるま式にふくらんでいったのである。

「ごめん、今日同伴が入っちゃったから、お金返すの明日でいい？」

と電話すれば、

「いいよ、いいよ。いつでも電話してくれればとりにいくから」

八重樫はやはりヘラヘラと笑って答えた。

金貸しといえば鬼のような取りたてをする人たちだと思っていた玲奈は、なんてやさしい人なんだろうと思った。もしかすると、自分だけを特別ひいきして、甘くしてくれているのかもしれないと、感謝すらしてしまったほどだ。

愚かな話だった。お金を返すのが一日遅れれば、さらに一割の利息を乗せられるのだから、八重樫はビジネスに徹していただけである。単なるやさしさで、面倒くさがりのキャバクラ嬢に寛容だったわけではない。

いつもヘラヘラな八重樫の態度が豹変したのは、借金が三百万を超えたときだった。

呼びだされて喫茶店に行くと、見たこともない怖い顔で腕組みしていた。

「玲奈ちゃん、さすがにこのままじゃまずいって、上から怒られちゃったよ。いますぐ全額回収できないなら、きっちりケジメとってこいって」

鞄から借用書の束を出し、投げるようにテーブルに置いた。

「そんな……」

玲奈は困惑に顔をひきつらせた。話の内容より、八重樫の豹変ぶりに戸惑っていた。

「いますぐ全額なんて……無理です……」

ちょうど新作の服とバッグとアクセサリーを買ったばかりだった。手元にある現金は数千円で、金を返すどころか、八重樫に呼びだされたついでに借金をしようという心積もりで会いにきたのである。

「無理って言われたって困るんだよ。こっちだって慈善事業で金貸してるわけじゃないんだから」

八重樫がドスを効かせた声で言い、

「でも……返すのはいつでもいいって……言ってたじゃないですか……」

玲奈の声は消え入りそうになっていく。

「それにしたって限度ってもんがあるんだよ。三百万だぞ、三百万。ちょっとしたサラリーマンの年収ほども借りっぱなしになってるんだから、俺だっていつまでもやさしくできないんだよ」

眼光鋭く睨みつけられ、玲奈は眼をそらすしかなかった。

体が小刻みに震えだした。八重樫の言う「ケジメ」とはなんだろうか？　親元に連れていかれるのだけは嫌だった。外では少々ハメをはずしていても、家ではいい子でいたいのが、末っ子の性分なのだ。キャバクラ勤務がバレたうえ、借金もちだなんて親兄弟には絶対知られたくない。

「どうすんだよ？」

八重樫がテーブルを叩き、コーヒーカップがソーサーの上でガシャンと跳ねた。

店中の視線がいっせいに集まり、それからすぐに眼をそらした。玲奈はいまにも泣きだしそうな顔で、身をすくめることしかできなかった。

そのとき、黒いスーツに黒いシャツの男がふらりと現れ、八重樫の隣の席に腰かけた。横柄な態度で脚を組み、冷酷な蛇のような眼つきで八重樫を見た。

「に、錦織さんっ……」

息を呑んで顔色を失くした八重樫は、まるで蛇に見込まれた蛙だった。

「おまえの客なの？」

黒いスーツの男——錦織正次は低く言い、玲奈を顎で指した。

「え、ええ……」

八重樫がうなずくと、

「この子、俺が指名してる子なんだけどな」

錦織はニコリともせずに言い、八重樫はますます顔色を失くしていく。

「キャバクラで、ですか？」

「ああ」

錦織はうなずいて、テーブルの上の借用書をめくって見やった。

「ハッ、俺がさんざん貢いだ金が、こうやっておまえに吸いあげられてたわけか？　笑っちまうな。全部でいくらよ？」

「……三百っす」

「三百ね」

錦織は煙草を咥えた。けれども、火をつけずに八重樫を見る。八重樫はあわててポケットを探り、ライターを出して錦織の煙草に火をつけた。

玲奈はほとんど呆気にとられていた。

錦織とは面識があった。

とはいえ、二、三日前に一度店に来ただけで、指名などされていない。貢がれたどころか、ろくに話もしていないし、せいぜい名刺を渡して挨拶したくらいのものだ。

彼らのテーブルに着く前に、黒服に耳打ちされた言葉が蘇ってくる。

「あいつらやくざだから、気をつけてね」

錦織と一緒に来ていた仲間は二十代半ばで、シャツの袖や襟から刺青《いれずみ》をのぞかせていた。

次から次に高いシャンパンを抜き、豪快に騒いでいた。錦織はひとりだけ少し年長に見えた。ほとんど口をきかずにうつむいて飲んでいたが、誰が見ても彼がボスだった。肌が白く、物憂げで、にもかかわらず漂ってくる暴力の匂いが尋常ではなかった。温度を感じさせない冷酷な眼つきを隠すように、前髪を長く伸ばしていた。

「その三百、俺に精算させてくんない？」

錦織はテーブルの借用書を顎で差し、紫煙を吐きだした。

「冗談でしょ？」

八重樫は眉尻を垂らし、泣き笑いのような顔になった。

「いくら錦織さんでも……こっちだって商売でやってるんですから……」

「うん、わかってる」

錦織はニヤリと笑うと、吸っていた煙草を八重樫の革ジャンに押しつけた。

「ちょ……なにをっ……」

八重樫は驚いてガタンと椅子を鳴らしたが、錦織は空いた左手で八重樫の肩をつかんで身動きを封じ、煙草を革ジャンでぐりぐりと押しつぶした。焦げくさい匂いがあたりにたちこめ、ふたりの男たちの険悪なムードに、店内は水を打ったように静まり返った。

「冗談を言ってるのは俺か、おまえか、どっちだい？」

錦織が再びニヤリと笑う。悪魔のように口が大きい。

「くっ……」

八重樫は唇を噛みしめて立ちあがった。

「上に……報告させてもらいますからね……」

絞りだすような声で捨て台詞を吐き、出口に向かったが、

「待てよ」

錦織がぞんざいに呼びとめた。

「忘れもんだ」

伝票を指で挟んでひらひらさせたので、八重樫は真っ赤な顔で戻ってきた。すさまじい形相で錦織を睨みつけると、コーヒー代を払って足早に店を出ていった。店中の人間が、固唾を呑んで錦織と玲奈に眼を向けた。

「よかったな」

錦織はまわりの視線などまるで気にせず、冷酷な眼を玲奈に向けてきた。

「おまえ、やつのカタに嵌められたら、肉便器だったぞ」

「……えっ？」

玲奈は言葉の意味がわからず首を傾げた。

「ハハッ、わかんねえか、肉便器？　フーゾクに売り飛ばされて、オマ×コ、ガバガバになるまで客とらされてたんだよ」

玲奈は棒を呑みこんだような顔で、頬をひきつらせることしかできなかった。

3

助けられて安堵した、という気分からは程遠かった。

むしろ、事態が悪い方向へと進んでいるとしか思えなかった。

錦織は立ちあがって喫茶店を出た。玲奈もあとに続いた。眼顔であとに続くよううながされたからで、とても断れる雰囲気ではなかった。

「おまえ、ひとり暮らし？」

「……はい」

「じゃあ、おまえんちで話をしよう」

いったいなんの話をするのか、話をするだけなら喫茶店でもよかったではないのか、という疑問が頭を巡ったけれど、怖くて逆らうことなどできなかった。

玲奈がひとり暮らしをしていたアパートは、六畳の洋間に四畳半のキッチンがついた1K

だった。

広くはないし、陽当たりも悪く、増える一方のワードローブが所狭しと置かれていたけれど、錦織は気にする素振りもなくベッドに腰をおろした。そこしか座るところがなかったのだが、玲奈の心臓は縮みあがった。この部屋に家族以外の異性をあげたのは、考えてみれば初めてのことだった。

「なにしてる？」

呆然と立ちすくんでいる玲奈を見て、錦織はつまらなそうに言った。

「早く脱げよ」

「えっ……」

玲奈は顔をひきつらせた。それしかリアクションをとれなかった。泣いたり、口答えしたり、逃げだしたりすることが、選択肢にならないほどの恐怖に駆られていた。

「聞こえないのか？　脱げよ」

もう一度言われるとビクンとし、震える指で服を脱ぎはじめた。ほとんど条件反射だった。喫茶店での八重樫同様、蛇に見込まれた蛙のようになっていた。

このとき玲奈は、二十二歳で処女だった。

昼夜仕事をかけもちし、恋愛をしている暇などなかったし、キャバクラでは日々体だけが目的の男たちに幻滅させられていたから、セックスに対する好奇心も薄かったのだ。

ブラジャーとショーツになった。

派手なオレンジ色の、水着めいた下着だったことをよく覚えている。

「それもだよ」

ひどく面倒くさそうに言い放つ錦織の目的がなんなのか、玲奈にはわからなかった。キャバクラで眼をつけた女を抱きたくて八重樫から助けてくれたのか、あるいは極道世界の序列を使って玲奈を「肉便器」にする権利を強引に奪ったのか……。

いずれにせよ、二十二歳まで守ってきた清らかなヴァージンは、悲惨に散らされる運命らしい。

いや、そんなことはあとから振り返って思ったことで、そのときはただただ怖かった。ブラジャーを取って乳房を露わにし、ショーツを脚から抜いて繊毛をさらしても、体を震わせていたのは羞恥心よりも恐怖だった。

生まれたままの姿になると、錦織に手招きされた。

玲奈は両手で自分の体を抱きしめ、情けない中腰になってベッドに近づいていった。

錦織が黒いシャツを脱いだ。

背中一面に刺青が入っていた。

竜がとぐろを巻き、不動明王が眼を剝いている刺青だった。

もうダメだと思った。

肩を抱かれ、ベッドに押し倒された。

錦織の肌はひどく白くて、冷たかった。

そこから先のことは、よく覚えていない。

女に生まれてきたことを後悔するような恥ずかしさと痛みに翻弄され、けれども悲鳴をあげたりしたら怒られると思って懸命に歯を食いしばっていた。

すべてが終わると、精も根も尽き果てていた。髪はざんばらに乱れ、体に力が入らず、両手両脚をベッドに投げだしたまま、剝きだしの乳房や股間の茂みを隠すことすらできなかった。

シーツには純潔を失った赤い印があった。

錦織は虚ろな眼でそれを眺めながら、煙草に火をつけ、紫煙を吐きだした。

煙草の匂いは苦手だったが、もっと吸ってくれと玲奈は思った。

自分の体が放っている獣の匂いがたまらなく嫌で、それを消してほしかった。

その日から、錦織は玲奈の部屋に居着いた。

昼も夜も仕事を休まされ、ひたすら体を求められた。一緒に住みはじめたというより、監禁されて犯されつづけたと言ったほうが近いかもしれない。両手を縛られていたわけではないけれど、自由は奪われていた。錦織が部屋を出ていくことはあっても、玲奈の外出は許されない雰囲気だった。

一週間後、ようやく仕事に復帰できた。

インフルエンザにかかっていたことにしていたので、セレクトショップのスタッフにはひどく心配された。玲奈は内心で罪悪感に駆られたが、インフルエンザで寝込んでいたより、やつれた顔をしていたと思う。

キャバクラに出勤するのには勇気が必要だった。

店には玲奈以外にも闇金で金を借りている女の子がいるので、八重樫が店のまわりをうろうろしていそうだったからだ。

悪い予感は的中するもので、出勤途中でばったりと顔を合わせた。

しかし、八重樫はなにも言ってこなかった。眼をそらし、苦虫を嚙み潰したような顔で、チッと舌打ちしただけだった。

玲奈は心の底から恐ろしくなった。

三百万ものお金を睨み一発でチャラにできる錦織という男は、いったいどれほどの悪党なのだろう。そして、その悪党に居候《いそうろう》を決めこまれ、毎日体をむさぼられている自分は、これからどれほど悲惨な運命を辿ることになるのだろうか。

事件が起こったのは、それからさらに一週間後のことだった。

深夜、キャバクラの仕事を終えた玲奈が自宅に戻ると、錦織の姿がなかった。珍しいことだった。錦織は店から戻った玲奈を抱くのを日課にしていて、そのために玲奈は髪やメイクはもちろん、ドレスまで着けたまま店から部屋に戻ってきていた。命令されたわけではないけれど、キャバ嬢の格好をしているほうが錦織が興奮しているように見えたので、気を遣ったのである。

煙草でも買いにいったのかもしれない、とドレスを脱がずに待っていた。

やがて、玄関扉を開いた錦織は、入ってくるなり三和土《たたき》に倒れこんだ。

顔面が血まみれで腫れあがり、ハアハアと肩で息をしていた。黒いスーツに黒いシャツだから一瞬わからなかったけれど、よく見れば全身にひどい暴行の痕があり、服は破けてあらゆる場所に血痕が付着していた。

玲奈は悲鳴をあげた。

しかし、１１９番に電話しようとすると、

「よけいなことをするんじゃねえ」

と血まみれの手で制された。

それから三日間、錦織は高熱を出して寝込んだ。

人の体は限度を超えて殴られると熱を出すものらしい。

玲奈は看病しながら、ひたすら恐怖に怯えていた。錦織はなにも言わなかったが、彼が暴力の的にされた原因は、自分以外に考えられなかったからだ。

八重樫が、錦織の所属する組織とは別のやくざに報復を頼んだに違いない。なにしろ三百万円だ。一年がかりでふくれあがった借金を、睨み一発でチャラにされてしまっては、八重樫だってたまらないだろう。

ということは、次に狙われるのは自分だ、と玲奈は思った。

形式的には錦織と住んでいるから、八重樫は玲奈のことを「錦織の女」と考えているかもしれない。極道者の女ならば、まわりくどいやり方をせず、いきなり身柄をさらって「肉便器」に堕《お》としてもかまわない、と思っているかもしれない。

怖くて部屋から出られなくなった。

昼でもカーテンを引いて照明をつけず、インターフォンが鳴っても居留守を使い、携帯電話は電源を切って、高熱に唸っている錦織の看病だけに没頭した。

暴行を受けて四日目、錦織はようやく体を起こすことができるようになった。

いまにも泣きだしそうな顔をしている玲奈を見て、ふっと笑った。

皮肉な笑みではなかった。自然で、柔らかく、温かみのある錦織の笑顔を見たのは、後にも先にもこのときだけだ。

「ここにゃあ、いづらくなっちまった」

錦織は、盛岡を出るから荷物をまとめろと言い、玲奈はそれに従った。なぜ従ったのか、自分でもよくわからない。実家に逃げこむとか、警察に駆けこんだほうが、遥かにマシな未来が確保できただろう。錦織についていったところで、待っているのは身の毛もよだつ修羅場ばかりに違いない。

それでも、玲奈はついていってしまった。

その日のうちに盛岡を離れ、『アンジェラス』のある町に辿りついた。盛岡よりずっと小さいがいちおう市街地があり、歓楽街もあるところだった。

ただし、錦織がその町に伝手《つて》があったわけではない。二時間も電車に揺られていると疲れてしまったらしく、「もうこのへんでいいや」と気まぐれに降りたっただけである。

玲奈はいささか拍子抜けした。

極道が逃げるのだから、東京あたりにまで行くと思っていたからだ。

とはいえ、田舎者の自分には、東京は荷が重いかもしれないと思っていたのも、また事実だった。

逃げた先で稼ぐのはきっと自分の役目になる、という直感があった。

稼ぐといっても、玲奈にできるのは水商売くらいのものだ。

ならば、タレントの卵の超美人や頭の回転が速いやり手の女がしのぎを削る東京より、小さな町のほうがよかった。

4

『アンジェラス』の仕事を終えた玲奈は、ドレス姿で自宅マンションの玄関扉を開いた。

つやつやと光沢のある、シャンパンゴールドのドレスだった。最近買ったもののなかでは、いちばんのお気に入りだ。

部屋は暗かった。誰もいないようだった。

「……ただいま」

照明のスイッチを探りながら小さく声を出してみたが、やはり答えはない。

2LDKの広々とした部屋だった。この町にあるマンションでは、いちばん高い十五階建ての十五階にある。ベランダからの眺望は素晴らしく、眼下に町を一望できる。

この町にやってきてから、三つめの住まいだった。

最初は六畳ひと間のアパートで、次が小さな平屋の一戸建てで、二年前、この部屋に引っ越してきたときには、かなりの達成感を覚えたものだ。小さな町でのこととはいえ、町でいちばん眺望がいいかもしれない部屋に住めるようになれたのだから、それなりに成功を手にしたと言っていいだろう。

ずっと錦織と一緒だった。

盛岡でトラブルを起こした彼は、極道のネットワークからはじかれてしまったらしく、仕事もせずに日がな一日部屋で酒を飲んでいた。

予想通り、生活は玲奈が支えることになった。

がむしゃらに働いた。

自分ひとりのためなら、きっとここまで頑張れなかっただろう。

見知らぬ町で男の世話までしなければならないという過酷な状況がなければ、繁華街の中でも一軒だけ飛び抜けて高級感を漂わせている『アンジェラス』で勝負してみようとは思わなかっただろうし、指名を増やすために血まなこの努力をすることもなかったはずだ。同じキャバクラ勤めとはいえ、盛岡にいたときとは覚悟が違った。当時はおざなりだった営業メールを熱心に送り、店に来てくれた客を愉しませるために知恵を絞った。少しくらいのセクハラは、笑って許すことにした。

盛岡にいたときなら卑猥なジョークを言われただけでうつむいていたのに、体への軽いタッチ程度なら微笑を浮かべて受け流せるようになったのだから、キャバクラ嬢としてひと皮剝けたと言っていい。

人気が出るまで時間はかからなかった。

地味な地方都市にある店にしては、意外なほど綺麗な子も可愛い子も揃っていたけれど、ナンバーワンになるまでに要した期間は四カ月ほどだろうか。

それにしても、水商売は恐ろしい世界だった。

小さな町の小さな繁華街にある店とはいえ、ナンバーワンになるとゆうに月百万円以上稼ぐことができた。

すべては錦織のためだった。

彼に対して負い目があった。

錦織が自分を助けるために極道の世界にいられなくなったのなら、別の道で再起できるように協力しなければならないと、ほとんど義務のように感じながら働いていた。

誘拐されてきたようなものなのに、自分でもおかしく思えるほどだった。

ナンバーワンになるまで頑張ったのは、錦織のためだとしか言いようがない。

自分が頑張れば、彼も少しは元気を出してくれるだろうと思ったのだ。日がな一日酒を飲んでゴロゴロしているだけではなく、もっと前向きに生きてくれるようになればいいと、願わない日は一日としてなかった。

しかし錦織は、一年経っても二年経っても自堕落な生活から抜けだせなかった。

玲奈の稼いだ金を酒とギャンブルで使い果たした。パチンコでも競馬でも、まるで負けるために賭けているようなところがあった。冷酷な蛇のようだった眼つきは、いつの間にか死んだ魚のようになっていた。

玲奈は思い悩んだすえ、ある行動に出た。

錦織を『アンジェラス』に招くことにしたのだ。

嫌がる彼を強引に店まで引っぱっていった。

二年前、眺めのいいマンションに引っ越したばかりのころの話だ。

それまでの三倍近い家賃の部屋に引っ越せるほど、売り上げは右肩あがりだった。指名客の数は増える一方で、スカウトやプロポーズが引きも切らなくなっていた。

いささか調子に乗っていたのかもしれない。

無意識に、他の客にモテている姿を錦織に見せつけてやりたかったのだと思う。

つまり、玲奈は錦織を愛するようになっていた。

どうしてだろう、と自分でも本当に不思議だ。

刺青を背負ったやくざ者なんて怖いだけだし、眼つきの悪い無口な男がタイプだったわけでもない。おまけに、強姦じみた処女喪失から始まった関係なのである。

とはいえ、三年も一緒に暮らしていれば情だって移る。

玲奈は錦織の他に男を知らなかった。

そして、錦織とのセックスで女としての悦びを覚えるようになっていた。

虚無的に過ごしている昼間の彼と違って、夜の錦織は野獣だった。野獣のように、何度も何度も玲奈の体を求めてきた。

そういう彼は嫌いではなかった。

最初は怖いだけだった刺青も、セックスの最中に見ると妖しさに魅せられた。

いまでは竜がとぐろを巻き、不動明王が眼を剝いている刺青を見るだけで、女の部分が疼いて濡れる。

しかし、彼を店に呼んだのは逆効果だった。

「……チンケな店だな」

錦織はむっつりと押し黙ったままひとしきり飲んで帰っていったが、それ以降あきらかに態度が変わった。

元々無口な男だったけれど、輪をかけてしゃべらなくなり、毎晩求めてきたセックスの回数が激減して、外に遊びにいくようになった。

玲奈がまとまった金を渡すと、二、三日帰ってこないこともザラになり、帰ってきてもどこに行っていたのか訊ねられる雰囲気ではなかった。眼つきが荒《すさ》んで、怖かった。外でも自堕落に遊んでいることは、訊ねなくてもバレバレだった。

帰ってくると決まって、黒いスーツに他の女の香水の匂いがついていた。

隣町にあるキャバクラや風俗店の女の子の名刺が、ゴミ箱に無造作に捨ててあるようになった。

別れるべきだった。

この町に残るにしろ、どこか別の場所に流れていくにしろ、もはや錦織を愛しつづける意味などない、と思った。

わかっていてもそうできなかったのは、負い目のせいか、未練のためか。

やがて彼は家にほとんど寄りつかなくなった。

ふたりで住むために借りている広々とした2LDKで、玲奈はいつもひとりだった。

それでも錦織は、月に一度だけ帰ってくる。

『アンジェラス』の給料日だ。

その日だけは絶対に玲奈の元に帰ってきて、給料袋ごと金を持っていく。他の女と自堕落に遊ぶ金を……。

「……ふうっ」

玲奈はシャンパンゴールドのドレスを着けたまま、リビングのソファに腰をおろした。

今日は錦織が来るはずの給料日だった。

このままでは身の破滅になる、という思いがひしひしとこみあげてくる。

働いたお金をすべて持っていかれてしまうので、生活は借金に頼らざるを得なかった。給料とは別に客からチップをもらうこともあるけれど、それだけではとても暮らしていけない。家賃、光熱費、食費に加え、キャバクラで働くためには身繕いにもお金がかかる。

最初は店に借りていたが、借金の総額が百万円を超えると「水商売の女の子でも大丈夫な専門の業者」を紹介された。

またトイチの闇金だった。

住民票すら移していない流浪の身では、まともな金融機関では相手にもしてもらえないだろうが、やくざがらみの闇金業者は喜んで貸してくれた。ホクホク顔でお金を運んできた。

玲奈ももう二十二歳のおぼこではない。

彼らがどういうつもりで、自分に金を貸してくれているのかわかっていた。

「肉便器」に堕とすためだ。

『アンジェラス』のナンバーワンなら、フーゾクに堕とせば大金を稼げるだろうとそろばんをはじいているに違いなかった。町にはフーゾク店をあまり見かけなかったから、東京あたりのソープランドに売り飛ばされるのかもしれないし、あるいはもっとむごたらしく、老醜の権力者のオモチャにでもされるのかもしれない。

怖かった。

闇金に借りた金はすでに三百万を突破している。

彼らがホクホク顔から鬼の形相に豹変するときは、迫ってきていると見て間違いなく、もう前回のように、体を張って助けてくれる男はいない。

(今日こそは言おう……)

玲奈は胸底でつぶやいた。

大きな借金があるとはいえ、バッグの中にしまってある給料袋には、百万を超えるお金が入っているのだ。

そのお金を錦織に渡しさえしなければ、三百万くらい数カ月で返すことが不可能ではないのである。

勇気を出して断らなければ、本当に……本当に大変なことになってしまう。

5

玄関扉の開く音がした。

黒いスーツに黒いシャツの錦織が入ってきた。

酔っているらしく、足元が覚束なく、表情は険しかった。眉間にナイフで刻んだような深い縦皺を寄せている。

今日はとびきり機嫌が悪そうだ、と玲奈は直感した。

それでも言わねばならない。

借金の返済に協力してほしいと。

お金をもっていくなら、せめて半分にしてほしいと。

それをよその女に使わないでほしいと。

そして、自分の金で遊ぶのなら、以前のようにこの家で一緒に住んでほしいと。

「あ、あのう……」

言いかけた玲奈を威嚇するように、錦織は脇に挟んでいた雑誌をソファに投げてきた。エロ本じみた週刊誌だった。

玲奈が驚いて身をすくめると、その腕をつかんだ。

足元にしゃがまされた。

ベルトをはずし、ズボンのファスナーをおろして、まだ硬くなっていないペニスを玲奈の顔に近づけてきた。

「……ぅんんっ！」

男くさいイチモツを口に含まされた。

玲奈は上目遣いに錦織を見上げたが、錦織は玲奈を見ていなかった。そっぽを向いたまま、玲奈の頭を両手でつかんでいる。口をきく様子はない。玲奈が口唇を動かすと、男性器官だけがむくむくと大きくなっていった。

「うんぐっ……ぐぐっ……」

錦織のフェラチオは容赦というものがなかった。頭をつかんで腰を振り、喉奥まで男根をねじりこんでくる。玲奈が眼を白黒させてもおかまいなしで、そもそも玲奈の顔も見ようとはせず、自分の欲望だけを淡々とむさぼる。

悔しかった。

昔はともかく、現在の玲奈はかなりモテる。今日だって、玲奈の顔をのぞきこんだ男たちは、みなうっとりと眼を細めていた。お気に入りのドレスを、言葉を尽くして褒めてくれた。

なのに錦織は見ようともしない。綺麗にセットした髪を乱暴につかみ、ひどくつまらなそうに腰をひねって、我がもの顔で口唇を犯してくるばかりである。

「ぅんんっ……ぅんぐぐっ……」

玲奈は口内でねろねろと舌を動かし、頬をへこませて男根を吸った。せめて感じさせてやろうと思った。口をきいてくれないのだから、それくらいしかコミュニケーションの手段がなかった。

「むううっ……」

口内で分泌した唾液ごと男根をじゅるじゅると吸いたててやると、さすがに錦織は顔色を変えた。白い顔を赤く上気させ、首にくっきりと筋を浮かべた。

男根を口唇から抜かれた。

「あああっ……」

玲奈は口から大量の唾液を垂らしたが、それを指で拭う暇も与えられなかった。腕を取って立ちあがらされ、ソファに両手をつかされた。

立ちバックの体勢だ。

錦織は、玲奈の尻からドレスをまくった。ショーツとストッキングを乱暴にずりおろされ、女の部分を剝きだしにされた。

指でいじられると、ねちゃねちゃと卑猥な音がたった。

恥ずかしかった。

まだ愛撫らしい愛撫もされていないのに、女の割れ目はびしょ濡れだった。

いやいやと身をよじったが、羞じらっているというより、まるで発情した牝犬みたいに尻を振ってしまい、よけいに恥ずかしくなる。

「ね、ねえ……」

錦織の顔が見たくなり振り返った。

「ベッドでっ……ベッドでしてっ……」

顔だけではなく、背中が見たかった。まがまがしい竜と不動明王の刺青を眺め、この手で触れたかった。

「前を見てろ」

錦織に横顔を押し返された。

前になにかがあるわけではない。たとえば鏡とかがあって、前を見ていても視線を交わせるというわけではなく、ソファの後ろはただの壁だった。要するに錦織は、「こっちを見るな」と言っているのだ。

「ううう っ……」

あまりの哀しさに、嗚咽がこみあげてくる。

顔も見たくない女の股間を、なぜこの男はいじっているのだろう。キスもせず、服も脱がせず、性急に性器を繋げようとするのだろう。

理由は簡単だ。彼が義務めいたおざなりのセックスをする理由は、バッグの中にある給料袋を持っていくためだ。肉体関係がある女からは金を奪っていいというのが、極道くずれの男の勝手な論理なのである。

なのに濡れてしまう。

錦織の指がぞんざいにいじってくればくるほど、蜜壺からは発情のエキスがしとどにあふれだし、ねっとりと内腿にまで垂れていく。

「……ったく、よく濡れるオマ×コだな。手がびっしょりになっちまったよ」

錦織は唐突に愛撫をやめると、面倒くさそうに吐き捨てた。発情のエキスにまみれた手のひらを、シャンパンゴールドのドレスで拭った。

「続きは自分でやれよ」

「……えっ？」

玲奈が首をひねって振り返ると、錦織は気怠げに後退って壁にもたれた。

「ここで見ててやるから、自分でマンズリしろ。俺が興奮するくらいひとりでひいひいよがったら、チ×ポ突っこんでやってもいいから」

錦織は勃起した男根を剝きだしにしたまま、煙草を口に咥えて火をつけた。呆然としている玲奈に暗く濁った視線を浴びせながら、ふうっと紫煙を吐きだした。

「ううっ……」

玲奈は唇を嚙みしめた。いったいどこまで馬鹿にすれば気がすむのだろう。どこの世界に、愛撫が面倒くさくなったから自慰をしろと命じてくる男がいるのだろうか。

なるほど、もはや錦織にとって玲奈とのセックスは、ただ金を持ち去るための口実なのかもしれない。しかし、それならそれで、せめて月に一度のこの日くらいは、しっかり抱いてくれてもいいではないか。存分にイカせてくれてもバチは当たらないのではないか。

涙が出てきそうになる。

それでも玲奈は、錦織に逆らえない。

どうせみじめな思いをするなら、とことんみじめな女を演じてやろうと思った。

錦織の方を向いて、ソファに腰をおろした。ドレスのホックをはずし、胸をはだけた。ブラジャーは着けていない。いきなり生の双乳が姿を現す。

サイズはそれほど大きくないが、ツンと上を向いた形のいい乳房だった。おかげで、ドレスがよく似合うと店では評判だ。ブラジャーで寄せてあげなくても、女らしいカーブが胸を彩る。

それを裾野から両手ですくい、十の細指でぎゅうっとつかんだ。

「あああっ……」

ふたつの胸のふくらみを揉みくちゃにしながら、挑むように錦織を見た。錦織は表情を変えない。このマンションに引っ越してくる前までは、彼自身の手でよく揉みしだかれていた部分だった。いつだって荒々しいやり方でこの繊細なふくらみを揉みつぶし、鼻息を荒げて乳首を吸ってきた。そのやり方に慣れてしまった玲奈は、痛いくらいにみずからの乳房に指を食いこませ、尖りかけた乳首をひねっていく。

「あああっ……あああっ……」

せつなげに眉根を寄せて、身をよじった。みじめさから逃れるには、快楽に溺れるしかなかった。乳房を揉むのをやめ、太腿にからんでいたショーツとストッキングを脚から抜いた。ソファの上でM字開脚を披露すると、場末のストリッパーにでもなった気分だった。退屈そうに紫煙をくゆらせている錦織の表情が、そんな気分にさせた。

「隠すなよ」

剝きだしの股間を両手で覆うと、錦織が声を尖らせた。

「なんのために脚を開いたかわかんねえ。指でひろげて奥まで見せてみろ」

玲奈は言われた通りにした。二本の指をアーモンドピンクの花びらにあてがい、逆Vの字に開いた指の間から薄桃色の粘膜を露わにした。むっと湿った発情の匂いがたちこめ、熱い花蜜がねっとりとアヌスの方に流れていった。自分でも、呆れるほどの濡れ方だった。悔しいけれど、これほどみじめな扱いを受けてなお、錦織の視線に興奮していた。屈辱を与える彼の言葉に、ひろげた割れ目の奥が疼いた。

「早くやれよ、マンズリ」

「ううう……」

玲奈はおずおずと指を使いはじめた。いちばん長い中指を女の割れ目にぴったりとあてがい、尺取り虫のように動かす。くちゅっ、といやらしい音がたち、ビクンッ、と腰が跳ねあがった。ひと月ぶりに錦織にいじられた女の部分は熱く爛れ、かさぶたを剝がした皮膚のように敏感になっていた。かさぶたというものが剝がしはじめたら全部剝がさずにはいられないように、玲奈は敏感になっている薄桃色の粘膜を刺激せずにはいられなかった。

「あああっ……はぁあああっ……」

ねちゃねちゃと卑猥な音をたてていじりまわすと、声をこらえきれなくなった。男の前で自慰を披露し、喜悦に歪んだ声までもらすなんて最低な女だと思った。なにがナンバーワンよ、ともうひとりの自分が耳元で吐き捨てた。店でいくらちやほやされてても、あんたなんていやらしいばっかりの牝犬じゃないの……。

みじめさに耐えられず、すがるように錦織を見る。もう許してほしい、乱暴なやり方でいいからその手で愛撫をしてほしい、と眼顔で訴えたが、錦織は表情を変えずに紫煙をくゆらせるばかりである。

「あああああーっ！」

玲奈はクリトリスを指で転がしながら、ぎゅっと眼をつぶった。もうそれしかなかった。眼をつぶってしまえば、夢も現実も同じだった。瞼の裏には、毎晩毎晩、獣のように自分の体を求めてきたかつての錦織の姿があった。

『いい女だな、本当に……』

あのころの錦織は、情事の前、その程度にやさしい言葉はかけてくれた。

『元からいい女だったが、俺が磨いてなおさら綺麗になった。ハメるたびにいい女になっていく……』

甘い台詞のあとには、深い口づけが待っていた。むさぼるように舌を吸い、唾液を啜って嚥下してくれた。玲奈はそのキスだけで蕩けた。欲情が燃え狂った。

玲奈にも自覚があった。錦織に抱かれるたびに、どんどんセックスがよくなっていった。あられもなく乱れ、顔をくしゃくしゃにして絶頂に達するごとに、女が磨かれていく実感がたしかにあった。イクときの顔を見られることは身をよじるほど恥ずかしかったけれど、それ以上に見られている満足感があった。錦織にすべてを捧げていた。

『綺麗な色……』

情事のあと、玲奈は錦織の刺青を眺めているのが好きだった。錦織は射精を終えると、かならずうつ伏せになって煙草に火をつける。背中に背負った竜と不動明王は淫らな汗にコーティングされ、常夜灯の橙色の光に照らされて、ひときわまがまがしく輝いていた。

最初に見たとき、それは恐怖の対象でしかなかった。生きた爬虫類の鱗のように、生理的な嫌悪感すら覚えた。しかし、女の悦びを知っていくほどその刺青は、自分の上に君臨し、自分の体を隅々まで支配している男の象徴になった。

オルガスムスの余韻に浸りながらうっとりと眺め、指でなぞった。なぞっているとキスがしたくなり、キスをすると舌を這わせたくなった。竜も不動明王も、見た目は冷酷そうなのに、情事の余韻で火照っていた。汗の塩からい味に男を感じながら、玲奈は舐めた。背中じゅうに彫られているから、背中じゅうを舐めた。

『くすぐったいよ』

玲奈の舌が尻の桃割れまで辿りつくと、錦織は決まって苦笑し、煙草を消した。あお向けになって抱き寄せてくれた。

『刺青、好きか？』

玲奈はコクコクと顎を引いてうなずいた。その質問にうなずくときはいつも、感極まりそうになった。好きなのは刺青ではなく、錦織だったからだ。しかし、それを口にしてしまうことが怖く、どうしても言えなかった。

『それとも、もっとしてほしいのか？　まだ満足できないか？』

『ああんっ！』

乳房をすくいあげられ、玲奈は甘い悲鳴をあげた。今度の質問には、簡単にはうなずけなかった。玲奈は満足していた。このまま眼を閉じれば穏やかで深い眠りにつけそうだと、たとえようもない幸福感すら抱きしめていた。

しかし、もっと満足させてくれるというのなら、断れない。双乳を揉みくちゃにし、音をたてて乳首を吸いはじめた錦織の頭を抱きしめてしまう。オルガスムスに達したばかりの蜜壺がずきずきと疼きだし、いちばん深いところで熱い花蜜がじゅんとはじける。

『綺麗にします……』

射精をしたまま萎えていた錦織のものを口に含み、丁寧に舐めた。男と女の味がした。自分たちは男と女なのだと思った。口の中で男性器官がむくむくと生気を取り戻していくことが、深い眠り以上の幸福感を与えてくれた。

6

「あああっ……くぅううぅーっ！」

　玲奈は淫らに尖りきったクリトリスを指先でこすりながら、眉間に深い縦皺を寄せた。

　昔のことを思いだすと、せつなくなっていくばかりだった。故郷から逃れてきた見知らぬ土地で、不安や淋しさから逃れるようにセックスに溺れていたあのころが、こんなにも懐かしく思いだされる日が来るとは夢にも思っていなかった。

　不安や淋しさはいまもある。

　しかし、それから逃れる方法はもはや、情事ではなく、自慰だった。不安で淋しくてみじめな思いにいても立ってもいられず、自分で自分の恥部をこすればこするほど、なおさらみじめでやりきれなくなっていく。

　ひとりで達するオルガスムスはきっと、事後に絶望的な虚しさを運んでくるだろう。

　それでも、せずにはいられない。手をとめればその瞬間に、絶望的な虚しさに襲われることがわかっているからだ。

「ああああっ……はぁあああああーっ！」

よく濡れた肉穴に指を突っこみ、ぐちゅぐちゅと音をたてて掻き混ぜた。しっかりと眼を閉じたまま、錦織の視線を全身に感じて、総身をくねらせた。イッてしまいそうだった。イケばその瞬間だけは、不安からも淋しさからもみじめさからも逃れられる。ならば求めずにはいられなかった。物欲しげに蜜を垂らしている恥ずかしい穴をみずからの指で穿ち、ちぎれんばかりに首を振った。大胆に開いた左右の太腿を震わせて、乱れに乱れた。

「……もういい」

あと少しで絶頂に達するというところで、手を押さえられた。いつの間にか、錦織がすぐ側までやってきていた。

「後ろ向け」

手を引かれて立ちあがらされた玲奈は、先ほどと同じ、立ちバックの体勢をとらされた。ソファに両手をついて尻を突きだすと、自慰で爛れた花園に熱く脈動している男根の切っ先をあてがわれた。

またバックなのか、と玲奈は胸底で落胆の溜息をもらした。昔は正常位で抱きしめながら腰を振ってくれたのに、最近では後背位ばかりだ。しかし、文句は言えない。自分の指で虚しいオルガスムスに達するよりはずっといい。

「んんっ！」

錦織は躊躇いも慈しみもなく、ずぶりと入ってきた。逞しく勃起しきった男根が、濡れた肉ひだを掻き分けて、我がもの顔で奥まで侵入してくる。

「んんんっ……んあああああーっ！」

ずんっ、と子宮を突きあげられ、玲奈は背中を反らして悲鳴をあげた。深く貫かれていた。体の内側をすべて支配されてしまったようだった。

「むううっ……」

錦織は腰をつかんで律動を送りこんできた。いきなりのフルピッチだった。パンパンッ、パンパンッ、とヒップの双丘をはじき、子宮をずんずん押しあげてくる。凶暴に開ききった肉傘が、蜜壺の内壁をしたたかに逆撫でして花蜜を掻きだす。体の内側が、火を放たれたように熱く燃えあがっていく。

「ああああっ……はぁああああっ……」

玲奈はちぎれんばかりに首を振り、ソファの革を掻き毟った。錦織のピストン運動はいつだって力強く、細身の玲奈は後ろから突かれると足が浮いてしまう。尻だけを引き寄せられ、その中心に怒濤の連打が襲いかかってくる。

「ああっ、いいっ！　いいぃいいいいいいいーっ！」

熱狂が訪れた。

錦織の男根はどこまでも太く、硬かった。それだけが救いだった。独裁者のような横暴さで女体を翻弄し、玲奈の上に君臨する男の欲望器官。たまらない快楽で女体を燃え狂わせながら、小さな町のナンバーワン・キャバクラ嬢を獣の牝に堕としていく。

「ああっ、してっ！　もっとしてっ！」

玲奈が欲情に蕩けきった顔で振り返ると、

「前見てろって言ってんだろ」

頭を小突かれた。拳ではなかった。錦織の手には、エロ本じみた週刊誌が握られていて、それで殴られたようだった。

「こっちを向くなって何度言ったらわかるんだ」

錦織は吐き捨てるように言い放つと、玲奈の背中で週刊誌をひろげた。

「ううう っ……くぅううう っ……」

玲奈はあまりのせつなさに泣いてしまった。熱い涙がボロボロとこぼれ、頬から顎までしたたってきた。

なにを見ているのかわからなかったけれど、水着のグラビアかなにかだろう。いくらなんでもひどすぎる。

セックスの最中、男にエロ本を眺められるなんて、女にとってこれ以上みじめで屈辱的な仕打ちはない。

それでも肉の悦びだけは増していく。

一打ごとに密着感が高まっていくのは、興奮した蜜壺が食い締めているせいもあるが、男根がみなぎりを増したからだ。錦織は興奮しているのだ。グラビアを眺めて興奮し、自分の右手を使って男根をしごくかわりに、玲奈の体を使っているのだ。

穴だった。

『アンジェラス』では蝶よ花よともちあげられていても、錦織の前で玲奈は、男の欲望を吐きだすための、ただの肉穴なのだ。

それでも発情のエキスは洪水のようにあふれ、男根が抜き差しされるたびに、ずちゅっ、ぐちゅっ、と恥ずかしい音がたつ。蜜壺がひくひくと痙攣しながら、男根をきつく食い締めているのが哀しすぎる。

「あああっ……はぁああああっ……」

イッてしまいそうだった。自分で自分が情けなくなってくるが、心は痛切なまでにひずんでいるのに、体は肉の悦びに痺れきっていた。眼も眩むほどの愉悦が、五体の肉という肉を躍らせている。閉じることのできなくなった口から、ツツーッ、ツツーッ、と発情の涎が垂れ落ちていく。

「はっ、はぁおおおおおーっ！」

玲奈のあげた悲鳴は、心と体が引き裂かれていく断末魔だった。

「イッ、イッちゃいそうっ……イッちゃいそうっ……」

滑稽なほど上ずった声で言い、ヒップと太腿をぶるぶると震わせた。

「先にイッたら許さんぞ」

錦織は唸るような声で言い、玲奈の背中で週刊誌のページをめくった。

「おまえがイクのはなあ……俺がすっかり出してからだ」

ぬんちゃっ、ぬんちゃっ、と粘りつくような音をたてて、男根が抜き差しされる。

「ううっ……くぅううっ……」

玲奈は唇を嚙みしめて、こみあげてくるものをこらえた。

見なくても、首筋が真っ赤に上気しているのがわかった。顔からは火を噴きそうだった。

ソファを搔き毟っても、もはやどうしようもない。つかむものが欲しくて後ろに手を伸ばすと、錦織に冷たく払われた。そのかわり、男根の抜き差しには力がこもった。渾身のストロークが、ヒップの中心にずんずんと打ちこまれてくる。

「ああぁっ……はぁあああっ……」

玲奈は悶絶して身をよじった。

たまらなかった。

オルガスムスをこらえることで、快感そのものがどこまでも上昇していく。全身が怖いくらいに敏感になっている。とくに蜜壺の中は肉ひだの一枚一枚の動きまでわかるほどで、カリのくびれでそれを逆撫でされると、脳天から爪先までビリビリと喜悦の電流が走り抜けていった。

「むううっ……そろそろっ……そろそろ出すぞっ……」

錦織の動きが切迫してきた。男根を抜き差しするだけではなく、腰のグラインドを織りこみ、熱く爛れた蜜壺の奥をぐりぐりと攪拌する。そうしておいて、性急なピストン運動を送りこんでくる。

射精の予兆に男根がひときわ硬くみなぎりを増し、玲奈はひいひいと喉を絞ってよがり泣いた。いよいよ我慢の限界だった。オルガスムスの高波が、恐ろしい勢いで迫ってくる。錦織になにを言われようと、もう我慢できない。恍惚に達する予感で、体中の肉が制御できないほどの淫らがましい痙攣を始める。

「おおおおっ……おおおおっ……」

錦織は唸り声を喜悦に歪ませると、次の瞬間、玲奈から男根を引き抜いた。

「……えっ？」

玲奈は驚いて振り返った。

錦織は、女の蜜でベトベトに濡れた男根をつかみ、自分でしごいていた。真っ赤な顔で腰を反らせ、ドピュドピュと射精していた。

まるでお猿さんのようだったが、玲奈は笑えなかった。

湯気がたちそうな白濁液が、週刊誌に飛んでいたからだ。玲奈という生身の女といまのいままで性器をこすりあわせていたのに、紙に向かって射精していたのである。

錦織は長々と時間をかけて男の精を漏らしきると、週刊誌を床に落とした。濡れた男根をシャンパンゴールドのドレスで拭い、自分の服だけ素早く直して部屋から出ていった。

もちろん、出ていく前に玲奈のバッグを探り、給料袋を抜き去ることは忘れなかった。

(……嘘でしょ)

玲奈は立ちバックの情けない格好のまま、錦織の背中を見送った。もはや泣くことさえ忘れてしまうほど、みじめさに打ちのめされていた。

腰を抜かすようにして、床にへたりこんだ。

オルガスムスを寸前で逃がしたせいで、体がまだ疼いているのがせつない。

錦織は「イクのは俺が出してからだ」と命じてきたが、これではイケるわけないではないか！

「ううっ……」

錦織が残していった週刊誌を見た。

白濁液がかかっていたのは、やはり水着の女のグラビアページだった。落ち目のB級タレントで、人気を回復するために、股間にきわどく食いこんだ水着をつけて、両脚をM字に開いていた。一時はよくテレビで見かけたのに、読者に媚びを売ったみじめな姿だった。

それでも、少し羨ましい。

彼女の顔には錦織が射精した証《あかし》がかかっていたが、玲奈はもはや、それをかけてさえもらえない存在だった。上の口と下の口で、男の右手のかわりを務めるただの肉穴だ。ソープランドの客だって、もう少しソープ嬢に気を遣ってセックスするのではないだろうか。

「もう……やだ……」

グラビアにかけられた精液を指ですくった。

熱かった。

錦織の体温が伝わってきた。

下腹がじゅんと熱くなった。

理性が崩れる音が聞こえた。

そんなことをしてもますますみじめになるだけなのに、指が股間に伸びていく。

（わたし……もうダメかもしれない……）

錦織の精液のついた指先でねちねちとクリトリスをいじりたてながら、玲奈はぼんやりと思った。

これほど冷たくされているのに、どうして興奮してしまうのだろう。

みじめで屈辱的な扱いをされるほど、月に一度の彼との逢瀬を心待ちにし、お金をすべて奪われてもなにも言えない。錦織はそれを知ってか知らずが、会うたび扱いをむごたらしくしていく。

このままではきっと、自分は地獄に堕とされるだろう。

闇金に堕とされるのが先か、錦織に堕とされるのが先か……。

「あああああっ……はぁあああああっ……」

玲奈はクリトリスをいじる指の動きをひときわ淫らにした。暗色の絶望感さえ、いまはどういうわけか発情の燃料だった。全身が燃え狂っていた。錦織が与えてくれなかったオルガスムスに向けて、一足飛びに駆けあがっていった。

この作品は書き下ろしです。原稿枚数384枚（400字詰め）。

GENTOSHA OUTLAW BUNKO

断《ことわ》れない女《おんな》

草凪優《くさなぎゆう》

平成23年6月10日　初版発行

発行人――石原正康
編集人――永島賞二
発行所――株式会社幻冬舎
〒151-0051東京都渋谷区千駄ヶ谷4-9-7
電話　03(5411)6222(営業)
　　　03(5411)6211(編集)
振替00120-8-767643
印刷・製本―中央精版印刷株式会社
装丁者――高橋雅之

幻冬舎アウトロー文庫

ISBN978-4-344-41697-0　C0193　　O-83-3